Comprada por
un griego

Julia James

Bianca™

♦ HARLEQUIN™

Editado por HARLEQUIN IBÉRICA, S.A.
Hermosilla, 21
28001 Madrid

I.S.B.N.: 978-84-671-5546-4
Depósito legal: B-47259-2007
Editor responsable: Luis Pugni
Composición: M.T. Color & Diseño, S.L.
C/. Colquide, 6 - portal 2-3ª H, 28230 Las Rozas (Madrid)
Fotomecánica: PREIMPRESIÓN 2000
C/. Algorta, 33. 28019 Madrid
Impresión y encuadernación: LITOGRAFÍA ROSÉS, S.A.
C/. Energía, 11. 08850 Gavá (Barcelona)
Fecha impresion para Argentina: 9.6.08
Distribuidor exclusivo para España: LOGISTA
Distribuidor para México: CODIPLYRSA
Distribuidores para Argentina: interior, BERTRAN, S.A.C. Vélez
Sársfield, 1950. Cap. Fed./ Buenos Aires y Gran Buenos Aires,
VACCARO SÁNCHEZ y Cía, S.A.
Distribuidor para Chile: DISTRIBUIDORA ALFA, S.A.

Capítulo 1

VICKY podía oír sus pasos en el suelo de mármol mientras cruzaba el enorme vestíbulo para dirigirse al mostrador de recepción. Todo rebosaba modernidad, algo realmente paradójico, pensó ella, puesto que el hombre que dirigía aquella empresa gigantesca era tan antediluviano como un dinosaurio. Un dinosaurio enorme y despiadado que podía despedazarte sin parpadear para luego ir a buscar su siguiente presa.

Entrar en la cueva de ese dinosaurio hacía que todos sus recuerdos cobraran vida en su cabeza. Podía volver a oír su voz profunda y con un marcado acento extranjero que se le clavaba hasta los huesos con una ira perversa y gélida. También podía oír las palabras horribles que la aniquilaron sin que él se inmutara, con unos ojos cargados de antipatía y, lo que era peor, de desprecio. Luego, cuando la hubo descuartizado verbalmente, se limitó a desaparecer de su vida.

No había vuelto a verlo desde entonces. Sin embargo, en ese momento estaba acercándose al mostrador de recepción para intentar volver a verlo. Notó un nudo en la garganta. No podía hacerlo. No obstante, sus nerviosos pies siguieron su camino. Tenía que hacerlo. Lo había intentado todo y sólo le quedaba eso. Le habían devuelto las cartas, no le habían pasado las llamadas y habían borrado los correos electrónicos sin leerlos. Theo Theakis no tenía la más mínima intención de permitir que le pidiera lo que quería pedirle. Aun así, sintió un arrebato de furia. No tenía por qué ir a pedírselo. Él no podía negárselo. Era suyo. Le correspondía.

Sin embargo, el abogado no pensaba lo mismo. Según le había explicado comprensivamente, lo que ella quería no le correspondía y mucho menos podía disponer de ello.

–Se necesita el consentimiento del señor Theakis –le había insistido el abogado.

Su gesto se ensombreció al acercarse al mostrador. Si no le daba el consentimiento…

–¿Desea algo?

La voz de la recepcionista era desenfadada e impersonal, pero la miró de arriba abajo y Vicky captó que la había clasificado conforme al precio de su vestimenta. Al menos su ropa podía estar a la altura de ese entorno palaciego. Su traje estaba un poco anticuado, pero la categoría del diseñador era evidente para cualquiera que supiera algo de moda. Ella no lo sabía, pero se había movido en un mundo, aunque fuera por muy poco tiempo, que era implacable en ese sentido y ese único recuerdo del enorme guardarropa que había tenido iba a serle útil. Iba a captar la atención de alguien que se interponía en su camino.

–Sí, gracias.

Intentó por todos los medios que su tono fuera igual de desenfadado e impersonal. Confió en el traje azul claro con un corte perfecto, en la fina cadena de plata que le colgaba del cuello y en los zapatos de tacón y el bolso que iban a juego. Acababa de cortarse el pelo, que estaba sujeto por una cinta del mismo color que el traje. Tenía un maquillaje levísimo y se había puesto un perfume que le dieron de muestra en unos grandes almacenes. Sabía que transmitía un aspecto selecto, clásico, británico y lo suficientemente adecuado para superar ese obstáculo.

—Me gustaría ver al señor Theakis —añadió con un tono refinado.

Tuvo que hacer un esfuerzo para poner ese tono, pero estaba en Inglaterra y esas cosas eran importantes. Dijo el nombre como si lo hiciera todos los días, como si no fuera nada excepcional y siempre le abriera las puertas.

—¿A quién debo anunciar? —preguntó la recepcionista.

Vicky notó que le concedía la posibilidad de que esa mujer tan bien arreglada pudiera ser alguien con acceso a él, que, incluso, podría ser alguien que disfrutara del privilegio de tener una intimidad personal con Theo Theakis. Sin embargo, Vicky también sabía, con un punzada de rabia por tener que estar allí, que no era tan voluptuosa como para ser una de sus innumerables amantes.

—A la señora Theakis —contestó ella con una leve sonrisa.

Theo Theakis estaba sentado en su butaca de cuero y notó que le subía la presión sanguínea. Colgó el teléfono como si estuviera infectado. Ella estaba allí, en su sede central de Londres. Había tenido la osadía de entrar en su territorio. Entrecerró los ojos. ¿Se había vuelto loca? Volvía a acercarse a él cuando la había desechado como a un trapo viejo. Tenía que estar loca para acercarse a cien kilómetros de él. ¿Sería descarada? Ensombreció el gesto. Ella no conocía la vergüenza ni la honra ni el remordimiento. Había alardeado de lo que había hecho, incluso se lo arrojó a la cara sin inmutarse.

Aun así, tenía la insolencia de presentarse allí para verlo, como si tuviera derecho a hacerlo. Esa mujer no tenía derecho a nada y mucho menos a lo que él sabía que quería. Tampoco tenía derecho, se dijo con un brillo de ira en los ojos, a llamarse como se llamaba. Su esposa.

Vicky se sentó en una de la butacas de cuero que había alrededor de una mesa de cristal ahumado. Sobre ella, perfectamente ordenados, estaban los periódicos más importantes en media docena de idiomas, entre otros el griego. Empezó a leer los titulares. Hacía tiempo que no leía en griego, pero por lo menos tenía la cabeza ocupada con algo que no fuera darle vueltas a lo mismo. A pensar que tenía que marcharse sin importarle que él no quisiera recibirla. A no quedarse allí como un poste con la disparatada idea de abordarlo cuando se marchara. Él podría no marcharse, tenía un piso en lo más alto de edificio. Además, el ascensor lo llevaría hasta al aparcamiento, donde un chófer estaría esperándolo en una limusina. No había ningún motivo para que él pasara por delante de ella. Tenía que marcharse. Tenía un nudo en el estómago y le dolían los pies por los tacones. Sin embargo, quería lo que había ido a buscar y no se iría con las manos vacías sin haber intentado conseguirlo. Se le endureció el gesto. Lo que quería le correspondía en justicia y se lo habían negado. Le habían negado lo que le habían prometido, lo que necesitaba. En ese momento, dos años más tarde, lo necesitaba imperiosamente. Ya no podía esperar más. Necesitaba ese dinero.

Eso la mantenía pegada a la butaca de cuero gris. Se daba cuenta de que no tenía sentido, pero la profunda ira que sentía la mantenía allí.

Llevaba dos horas esperando cuando comprendió que tendría que tirar la toalla. Resignada, y pese a la sensación de haber hecho el ridículo, tendría que levantarse y marcharse. La gente había pasado por delante de ella y sabía que más de una persona la había mirado con perplejidad o recelo, entre otras, la recepcionista. Plegó el último periódico y lo dejó en la mesa. Tendría que pensar en otra forma de conseguir su objetivo. Aunque no sabía cómo. Lo había intentado todo, incluso indagó la posibilidad de iniciar acciones judiciales, pero el abogado la disuadió inmediatamente. El enfrentamiento directo con su marido había sido el último recurso, lo cual no era de extrañar porque era la última persona sobre la faz de la tierra a la que quería ver.

Por eso se llevó un sobresalto cuando agarró el bolso para levantarse. Justo enfrente de ella, un grupo de hombres trajeados salía del ascensor para cruzar el vestíbulo de Theakis Corporation. Era él. Sus ojos se clavaron en él con la excitación que había sido una fatalidad para ella desde que lo conoció. Sacaba casi una cabeza a sus acompañantes y avanzaba a un paso que les costaba seguir. Uno de los hombres hablaba con él y Theo lo miraba con atención.

Vicky se quedó helada. Volvió a sentirlo, volvió a

sentir el estremecimiento que le producía Theo cada vez que lo miraba. Era como si se quedara pasmada, como un conejo que se queda mirando los faros del coche que se le acerca y no puede moverse.

Había olvidado esa sensación, su pura atracción física. No era sólo su estatura ni la amplitud de sus hombros ni la esbeltez de sus caderas. No era el traje hecho a medida que le habría costado miles de libras ni el pelo negro primorosamente cortado ni la cara que parecía tallada en el mármol más delicado. Era algo más, eran sus ojos, negros e insondables, que podían mirarla con tal frialdad, con tal ira y con otra expresión tan intensa que no quería recordar. Incluso en ese momento, cuando él estaba concentrado e impaciente por lo que estaban diciéndole. Vio que él asentía con la cabeza y volvía a mirar al frente.

Entonces la vio. Ella notó el instante preciso en el que captó su presencia. Notó el brillo de incredulidad que dio paso a la ira cegadora.

Entonces desapareció. Ella desapareció de su vista. Desapareció de ese instante en que había captado su atención. Se limitó a pasarla por alto como si nunca hubiera existido. Como si no llevara dos horas esperándolo. Esperando a que él bajara al nivel de los mortales.

Pasó de largo rodeado por su séquito. Pronto saldría por la puerta que ya le había abierto uno de los hombres. Pronto estaría lejos del edificio que le pertenecía, de la empresa que le pertenecía y de los hombres que le pertenecían.

Se puso de pie para seguirlo. Theo giró la cabeza un instante. No la giró hacia ella. Hizo un movimiento de cabeza casi imperceptible a uno de sus acompañantes.

Él, con una ligereza asombrosa, se separó del grupo y se colocó ante ella cuando iba a alcanzar su objetivo.

–¡Apártese! –exclamó Vicky con furia.

Fue como una gota de agua contra una roca. El hombre no se movió.

–Lo siento, señorita.

No la miró a los ojos ni la tocó. Se limitó a cerrarle el camino. Theo Theakis se alejó llevándose con él algo que le correspondía a ella.

El dominio de sí misma estaba a punto de quebrarse. Era como una rama seca debajo de sus tacones. Agarró el asa del bolso, lo levantó y lo arrojó con todas sus fuerzas hacia el hombre que se alejaba.

–¡Habla conmigo, canalla! ¡Habla conmigo!

El bolso se estrelló contra el hombro de uno de los hombres trajeados y cayó al suelo. El guardaespaldas que tenía delante la agarró del brazo, demasiado tarde para evitar que lanzara el bolso, pero a tiempo para bajárselo con la firmeza que le exigía su profesión.

–No haga eso, por favor –le pidió él con un gesto de cierta sorpresa.

A ella tampoco le había servido de nada. El grupo siguió avanzando, incluso más deprisa. Hasta que el hombre que protegían se metió en una limusina que lo esperaba junto al bordillo de la acera.

Vicky, que temblaba de pies a cabeza, pensó que era un desgraciado. Nunca lo había odiado tanto como en ese momento.

Theo, impasible y en silencio, miró el periódico que tenía delante. Estaba desayunando en su casa de Londres y al otro lado de la mesa, de pie, estaba su secretario privado que esperaba con nerviosismo la reacción de su jefe. Demetrious sabía que no sería buena. Theo Theakis detestaba que se aireara su vida privada en la prensa. Aunque la vida que llevaba interesaba mucho a la prensa, que nunca conseguía mucha información sobre él. Theo preservaba su intimidad implacablemente. No perdía la calma aunque la prensa pudiera intuir algo verdaderamente sabroso bajo la fastuosa superficie de su vida de magnate. Dieciocho meses antes, cuando empezaron a circular los rumores sobre el motivo por el que su matrimonio aparentemente vulgar había resultado ser tan breve, la prensa lo había atosigado. Sin embargo, como de costumbre, sólo consiguió el escueto comunicado que se hizo público según las instrucciones de Theo. Por eso, Demetrious supo con cierto agobio que la prensa se había aferrado con uñas y dientes a ese bocado. También sabía que la máscara de aplomo de su jefe sólo era eso, una máscara. Él lo agradecía. Sin esa máscara, seguramente ya lo habría fulminado.

El silencio duró unos segundos. Afortunadamente, pensó Demetrious, el artículo no iba acompañado de ninguna foto. Cualquier paparazzi habría dado lo que fuera por presenciar la escena del día anterior en la sede central de Theakis Corporation. En realidad, sólo eran unos párrafos batante moderados y llenos de conjeturas sobre por qué la ex señora Theakis le había tirado el bolso y lo había insultado. El periodista había incluido un foto de archivo del Theo Theakis vestido de esmoquin y acompañado de una rubia muy bien vestida a la entrada de un hotel de lujo en Atenas. La expresión de ella era tan impasible como la de su jefe en ese momento.

Sin embargo, ella no había sido tan impasible el día anterior. Además, nada disimulaba el regocijo con el que estaba escrito el artículo de cotilleo.

—Entérate de quién ha hablado con estos parásitos y despídelo —le ordenó Theo antes de seguir desayunando.

Efectivamente, era implacable. Demetrious compadecía a cualquiera que se equivocara con Theo. Como su ex mujer. Se preguntó por qué habría hecho aquello. A esas alturas, ya tendría que saber que era una pérdida de tiempo. Llevaba semanas acosándolo y él no había cedido ni un milímetro. Podía olvidarse de eso que quería tanto. Ella ya no existía para Theo Theakis.

Demetrious se dio la vuelta para marcharse. Le habían encargado hacer algo, que no le gustaba, pero que tenía que hacer en cualquier caso.

—Otra cosa…

Demetrious se detuvo. Aquellos ojos negros tenían una mirada gélida.

—Dile a la señora Theakis que venga aquí esta noche a las ocho y media.

Capítulo 2

VICKY estaba repasando todo tipo de papeles. Había formularios por triplicado, cartas de solicitud, facturas, fichas, cuentas y análisis estadísticos. Aunque fuera desesperante, tenía que hacerlo. Sabía que era la única forma de conseguir lo que ese pequeño grupo de voluntarios, Una Vida Nueva, quería conseguir. Quería intentar que los niños con fracaso escolar pudieran tener una ayuda extraescolar intensiva y personalizada para que tuvieran una educación adecuada.

Naturalmente, el dinero era el inconveniente constante. Necesitaban, por lo menos, cinco libras más por cada una que recibían y los niños que solicitaban su ayuda no disminuían. Suspiró por la impotencia, que aumentó cuando abrió la siguiente carpeta: los presupuestos de las constructoras para arreglar la casa de Jem. Jem se había limitado a lo mínimo exigible para cumplir con las exigencias de Sanidad y Seguridad; un tejado nuevo, una instalación eléctrica nueva y un suelo nuevo. El resto, la pintura, la decoración y el mobiliario, lo harían ellos mismos aunque tuvieran que mendigar, pedir prestado o robar.

La casa, Pycott, era una bendición. Jem la había heredado el año anterior de un tío abuelo sin hijos. Aunque estaba en muy mal estado, tenía dos ventajas enormes: constaba de dos pisos muy grandes y estaba en la costa de Devonshire. Esas dos características la hacían ideal para lo que todos esperaban que fuera la siguiente iniciativa de Una Vida Nueva. Casi todos lo niños procedían de entornos familiares conflictivos encerrados en ciudades del interior, lo que complicaba sus problemas educativos. Si algunos de esos niños pudieran alejarse un tiempo de su angustiosa vida, podrían ver el colegio como una forma de escapar de las condiciones que soportaban desde su nacimiento y no como una tortura.

Sin embargo, conseguir que Pycott estuviera en condiciones de recibir a los alumnos y a los tutores iba a costar una fortuna. Vicky sintió una punzada de abatimiento. Si las obras pudieran empezar sin demora, era posible que Pycott estuviera abierto para las vacaciones de verano. Ya tenía una lista interminable de niños recomendados para la experiencia. Si tuviera el dinero… Lo más indignante era que tendría que tenerlo. Estaba muerto de risa en la cuenta de un banco a la espera de que lo utilizaran. Salvo por… Sintió un arrebato de ira. Era suyo. Se lo había prometido. Era parte del maldito contrato que había firmado aunque hubiera sabido que no debería haberlo hecho. Lo había firmado porque se sintió obligada. Los dolorosos recuerdos la abatieron más.

Casi no podía recordar a su padre. Sabía que había nacido con una buena posición, pero para Andreas Fournatos el dinero sólo era una herramienta. Muy joven, pidió su parte de la herencia y se fue a trabajar en una organización de ayuda internacional, donde conoció a su madre y se casó con ella. Murió trágicamente antes de que su hija tuviera cineo años. El dinero que heredó su viuda puso en marcha Una Vida Nueva y la madre de Vicky la dirigió hasta que Vicky le tomó el relevo.

Había tenido muy poco contacto con la familia de su padre, excepto con su único tío. Aunque casi no la conocía, Aristides Fournatos había sido increíblemente bueno con ella. Siempre había entendido por qué su madre se había distanciado de la familia de su marido durante los últimos años; porque le dolía demasiado que le recordaran al hombre con el que se había casado y había perdido tan pronto. Por eso, aunque durante toda su infancia recibió tarjetas y regalos de Navidad de su tío, su madre nunca quiso volver a Grecia ni que ella aceptara las invitaciones de su tío.

Aristides siempre respetó los deseos de su madre y comprendió el dolor de su cuñada al recordar a su primer marido y su prematura muerte. Además, cuando su madre volvió a casarse, Aristides fue el primero en felicitarla y aceptó que centrara todos sus sentimientos en ese nuevo marido, un profesor divorciado con un hijo de su edad, que quisiera que ella fuera inglesa y que Geoff fuera el único padre que recordara. Fueron una familia feliz y muy unida que llevó una vida normal de clase media.

Sin embargo, cuando estaba terminando el curso en la universidad, Geoff tuvo la oportunidad de participar en un intercambio de profesorado con Australia. Su madre y él se fueron y encontraron el trabajo y la forma de vida tan atractivos que decidieron quedarse. Ella se alegró mucho por ellos, pero, aunque era adulta, se sintió triste y abandonada.

Entonces fue cuando su tío Aristides reapareció en su vida. La llevó a Grecia para que se tomara unas vacaciones y cambiara de aires. Él, además, podría conocer mejor a su sobrina. Esa reaparición contó con el beneplácito de su madre. Aceptó que su hija conociera, aunque fuera tarde, a la familia de su padre.

Ella se había criado como inglesa y en una familia inglesa, por eso le pareció raro darse cuenta de que era medio griega. Sin embargo, más raro todavía le pareció tener que adaptarse a otro aspecto de la familia de su padre: la riqueza. Su padre siempre había empleado el dinero en obras benéficas y ella nunca se había imaginado lo distinta que sería la forma de vida de su tío. La estancia con Aristides en Grecia le abrió los ojos y no pudo evitar darse cuenta de lo irreal que era su vida comparada con la de ella. Sin embargo, pese a su riqueza, su tío era cariñoso y amable y la recibió con los brazos abiertos. Era un viudo algo mayor y sin hijos y ella comprobó con placer que la trataba con el mimo y la esplendidez con que habría tratado a su hija. Si bien admiraba el altruismo de su hermano y aceptaba que su madre quisiera dejar atrás su trágico pasado, Aristides no cejó en su empeño de remediar lo que consideraba sus privaciones materiales.

Al principio, Vicky intentó que no derrochara el dinero con ella, pero al comprobar que su resistencia le dolía, cedió. Al fin y al cabo, sólo eran unas vacaciones. No era la vida real.

—Andreas estaría muy orgulloso de ti. Muy orgulloso de tener una hija tan guapa —le repetía él una y otra vez con una lágrima en los ojos.

Ese gesto de emoción no disimulada le pareció algo muy griego, como lo era la actitud que tenía con las chicas de su edad. Aunque las adoraba, las consideraba como muñecas preciosas a las que había que tratar con mimo, además de protegerlas del mundo real.

Todo fue igual cuando lo visitó por segunda vez. Había ido a Australia a visitar a sus padres en Navidad y Aristides la invitó a pasar las siguientes vacaciones en Atenas. Sin embargo, aquella vez supo que algo iba mal en cuanto él la saludó. Aristides no le dijo nada. Él se limitó a mimarla otra vez con la excusa de que estaba demasiado delgada y que trabajaba demasiado, que necesitaba unas vacaciones, mucha diversión y ropa nueva. Ella, como sabía que la preocupación era sincera y que él disfrutaba mimándola, cedió otra vez a su mundo irreal donde todas las mujeres llevaban ropa de firma que se cambiaban varias veces al día.

—Es Victoria, la hija de mi difunto hermano.

Ésa era la forma de presentarla con orgullo y afecto. Ella supo enseguida que la familia era muy importante para los griegos.

Para ella fue fascinante el mundo deslumbrante en el que había puesto los pies; fue excitante sentarse a la mesa en el enorme comedor de su tío rodeada de mujeres resplandecientes en sus vestidos de noche y de hombres elegantísimos de esmoquin. Se dio cuenta con una extraña curiosidad de que, si su padre no hubiera renunciado a su origen, aquél habría podido ser su entorno natural. Excepto, claro, que no habría tenido una educación inglesa sino completamente griega. Fue un pensamiento extraño.

Sin embargo, sabía que por muy fascinante que fuera observar ese ambiente también era ajeno a ella. Se sentía como en el zoológico, entre animales exóticos que llevaban una vida al margen de la realidad. Aunque eso no quería decir que su riqueza los convir-

tiera en malas personas. Su tío era la amabilidad personificada y todas las personas que conoció fueron en-
cantadoras y fáciles de trato.

Excepto una.

La expresión de Vicky se ensombreció por un instante.

No entendió su nombre cuando su tío se lo presentó
porque al darse la vuelta para sonreírle amablemente,
se quedó petrificada. Los hombres griegos no eran al-
tos, pero ése llegaba a los dos metros. Alto, delgado y
tan guapo que se quedó sin aliento mientras lo miraba
fijamente. El pelo muy moreno, las facciones marca-
das, de unos treinta años, la nariz como un sable, la
boca esculpida y unos ojos negros como el carbón que
ocultaban algo.

Ella hizo un esfuerzo por respirar y ensanchar la
sonrisa, pero seguía paralizada. Excepto el pulso, que
lo tenía desbocado. Mecánicamente, alargó la mano
para responder a la presentación y se la encontró entre
unos dedos fuertes y una palma muy grande. El contacto fue breve y protocolario, pero a ella le pareció
algo distinto. Retiró la mano tan rápidamente como
permitía la buena educación.

–¿Qué tal está? –le saludó ella, que no había entendido su nombre.

–Thespinis Fournatos –replicó el hombre.

Ella se había acostumbrado a que la llamaran con el
nombre de nacimiento que le puso su padre. En casa
había tomado el apellido de Geoff porque él la adoptó
cuando se casó con su madre y era más fácil que todos
se llamaran igual. Sin embargo, también comprendía
que su tío la considerara como la hija de su hermano y
para él era Victoria Fournatos, no Vicky Peters.

Aun así, la forma en que aquel hombre pronunció su nombre en griego hizo que sintiera un estremecimiento por todo el cuerpo. Quizá fuera por el tono grave y sexy de su voz.

Porque se dio cuenta, con el pulso acelerado, que ese hombre era increíblemente atractivo. Además, él también lo sabía.

Sintió que el estremecimiento de excitación pasó a ser de oposición. No porque él la mirara de una forma sugerente, sino porque estaba completamente acostumbrado a que las mujeres reaccionaran como lo había hecho ella. Tan acostumbrado que lo dio por supuesto. Automáticamente, se predispuso contra él. Pasó por alto el hormigueo que sentía por dentro y miró a su tío, que comentó algo en griego con aquel hombre; algo que ella no entendió. Sabía algunas frases en griego y podía leerlo con esfuerzo, pero no entendía la conversación fluida.

—Creo que vives en Londres, Thespinis Fournatos —le comentó el hombre.

El tono del comentario fue levemente interrogativo o, más bien, pensó Vicky, fue un tono casi de censura.

—Sí —contestó ella lacónicamente—. Mi tío tuvo la amabilidad de invitarme en Navidad, pero tengo entendido que en Grecia es mucho más importante la Semana Santa.

—Sin duda —replicó él.

Durante unos minutos mantuvieron una conversación sobre la fiestas con Aristides. Fue una conversación muy inocente, pero se alegró cuando terminó, cuando una mujer muy bien arreglada, increíblemente guapa y algunos años mayor que ella apareció y saludó a aquel hombre con un tono claramente entusiasta. Hablaba perfectamente en griego y no hizo ademán de haber notado la presencia de Vicky. Si bien pudo notar el fastidio de Aristides por la interrupción, ella aprovechó la ocasión para susurrar una despedida y se fue a hablar con otros invitados.

También sintió alivio cuando comprobó que la habían colocado en el extremo opuesto de la mesa de ese hombre tan impresionantemente guapo y perturbador. Observó que la mujer que lo había saludado estaba sentada junto a él y se alegró. Sin embargo, aunque la intención evidente de esa mujer era acaparar la atención del hombre, Vicky estaba segura de que aquellos ojos negros como el carbón acabarían mirándola. No le gustó la idea. Le alteraba la idea de que ese hombre alto, moreno y delgado la mirara. ¿Qué le pasaba? Sabía que era atractiva y había aprendido a lidiar con las atenciones de los hombres. Entonces, ¿por qué ese hombre conseguía que se sintiera cohibida? Como si fuera una colegiala y no una mujer de veinticuatro años.

Tenía la desagradable sensación de que la analizaba. Sabía que no la miraba libidinosamente, aunque si lo hubiera hecho no le habría gustado lo más mínimo. Quizá todo fueran imaginaciones suyas. Cuando aquellos ojos negros se encontraron con los de ella, volvió a sentir la desesperante excitación. Una excitación que aumentó durante la cena, como su incomodidad.

Mucho más tarde, cuando los invitados estaban marchándose, aquel hombre anónimo para ella se le acercó. Otra vez sintió el arrebato de excitación y eso la molestó. Tenía algo desconcertante que no le gustaba.

–Buenas noches, Thespinis Fournatos.

Esa vez, ella captó perfectamente su mirada escrutadora. Se puso muy recta a pesar de que el pulso se le alteró.

–Buenas noches –replicó ella con el tono más protocolario que pudo mientras se volvía para despedir a otros invitados.

Cuando todos se hubieron ido, su tío se aflojó el nudo de la pajarita, se desabrochó el botón de la camisa y se sirvió otro brandy.

–¿Qué te ha parecido? –le preguntó con desenfado.

–¿Quién? –preguntó ella con una falsa perplejidad.

–Ese invitado tan atractivo.

–Ah… Muy atractivo, sin duda.

–Nos ha invitado a comer mañana en su club náutico –le comunicó él–. Es un sitio muy conocido, te gustará. Está en el Pireo.

Ella pensó que le gustaría más si no estuviera Don Guapo, pero no lo dijo. Todavía no había estado en el Pireo, el puerto de Atenas.

–Tío, ¿pasa algo? –preguntó ella para cambiar de tema.

Lo preguntó sin venir a cuento, pero había notado que a pesar de la sonrisa de su tío, en su cara también había tensión. Una tensión que se disipó tras una sonrisa enternecedora.

–No pasa nada. Nunca he estado mejor. Ahora, cariño, es hora de que te vayas a la cama o mañana las ojeras estropearán tu belleza y no podemos permitirlo –dejó escapar un suspiro–. Si Andreas viviera para ver lo guapa que es su hija… Yo me ocuparé de ti en su lugar. Te lo prometo. ¡A la cama!

Ella se fue aunque seguía intranquila. ¿La habría despedido para que no siguiera haciendo preguntas?

Al día siguiente no había rastro de la tensión que había notado en él y cuando llegaron al selecto club, su tío estaba muy animado. Ella no lo estaba tanto y su prevención aumentó cuando el hombre se levantó de la mesa. Fue una comida algo incómoda. Aunque casi toda la conversación fue en inglés, Vicky tuvo la sensación de que había otra conversación paralela en la que ella no participaba. Sin embargo, ése no fue el motivo de su incomodidad. El motivo era el hombre que comía con ellos y la forma de mirarla. Según avanzaba la comida, ella fue notando con más fuerza la presencia física de él; el movimiento de sus manos, la fuerza de sus dedos al levantar la copa o al agarrar el cuchillo, el ligerísimo flequillo negro sobre la frente, el movimiento de la garganta cuando hablaba, el tono grave de su voz que la alteraba, que alteraba los latidos de su corazón, que hacía que sintiera un vacío en el estómago cuando lo miraba.

Vio de soslayo que él hacía un gesto casi inapreciable con la mano y al instante el maître se deshizo en atenciones con ellos. Ella se dio cuenta, con cierto espanto, de que ése era otro de los motivos por los que era tan atractivo: la sensación de poder que irradiaba. No era evidente ni ostentosa, sencillamente, se percibía.

Era un hombre que no concebía no tener lo que quisiera. Ella se estremeció. Su lado racional le dijo que no estaba bien identificar virilidad con un poder implacable. Era un error por muchos motivos éticos. Sin embargo, era así. Lo detestó por conseguir que pensara de esa manera, que reaccionara a él de esa manera.

Todo aquello era absurdo. Estaba indignándose por alguien que, en general, no significaba nada para ella. Había invitado a comer a su tío, seguramente por esa mezcla de trabajo y relaciones sociales que practican los ricos, y la había incluido por cortesía.

—Te gusta Mozart, ¿verdad, cariño? —le preguntó su tío.

Ella parpadeó al no saber de dónde había salido esa pregunta.

—Sí… ¿por qué lo preguntas?

—En estos momentos, la Filarmónica está en Atenas y mañana por la noche interpretan a Mozart —contestó su anfitrión—. A lo mejor te gustaría ir…

Vicky miró a su tío. Él sonreía afectuosamente. Ella se quedó perpleja. Iría encantada con su tío. A él le gustaba presumir y a ella le encantaba Mozart.

—Me parece maravilloso… —contestó ella.

—¡Perfecto! —la sonrisa de su tío se ensanchó.

Aristides dijo algo en griego a su anfitrión que ella no entendió y él le contestó.

—Puedes estar preparada a las siete, ¿verdad? —le preguntó su tío.

—Claro —contestó ella con el ceño ligeramente fruncido por no saber de qué había hablado.

Lo supo, con desasosiego, cuando volvía a Atenas con su tío.

—¿Quiere que le acompañe al concierto? Yo creía que íbamos a ir nosotros.

—No, ni hablar —replicó él con desenfado—. No tengo tiempo para conciertos.

Una sensación muy extraña se había adueñado de ella y no le gustaba. Tampoco le gustaba la sensación de que hubieran jugado con ella.

Así empezó todo y así continuó. Ni siquiera todavía, después de la tormenta y el estrés, de la furia y la desesperación, sabía cómo terminó de la forma que terminó. Cómo fue posible que pasara de ir a un concierto de Mozart acompañada por un hombre que la alteraba profundamente a casarse con él, a ser la señora de Theo Theakis.

Capítulo 3

¿CÓMO pudo casarse con Theo Theakis? La pregunta le abrasaba en la cabeza, como siempre. Acabó haciéndolo por el mejor de los motivos y fue al mayor error de toda su vida. Todavía se acordaba del momento cuando su tío le dijo que Theo Theakis le había pedido su mano, como si estuvieran en una novela victoriana.

–¡Todas las mujeres de Atenas quieren casarse con él! –exclamó él con un brillo resplandeciente en los ojos.

Ella se quedó mirándolo sin dar crédito a lo que había oído mientras él desgranaba todas las virtudes de un hombre que casi no conocía, pero al que conocía lo suficiente como para recelar de él. Desde el concierto de Mozart, lo había visto unas pocas veces y no habría dicho que la había elegido de una forma especial. Aparte de saber que era rico, impresionantemente atractivo y, a juzgar por algunas conversaciones, inteligente e incisivo, era un completo desconocido para ella. Era un conocido de su tío y no alguien con quien ella quisiera intimar. En realidad, era alguien a quien habría preferido evitar. Habría sido mucho más sensato…

Sin embargo, súbitamente, su tío estaba diciéndole que quería casarse con ella. Era increíble. Quiso sol-

tar una carcajada, pero se dio cuenta de que las entu-
siastas palabras de su tío ocultaban algo, algo que la
espantó. Estaba serio, muy serio. A ella se le heló el
corazón. Vio la misma tensión que captó al llegar a
Atenas; la tensión que la llevó a preguntárselo la noche que conoció a Theo. Había algo más que tensión,
había miedo.

Detrás de tanto entusiasmo, de tanta sonrisa y de
tanto ensalzar lo maravilloso que sería convertirse en
la señora de Theo Theakis, había un mensaje mucho
más prosaico.

Era un matrimonio de dinastías. Algo bastante corriente en los círculos en los que se movía su tío. Un
matrimonio para unir a dos familias poderosas, a dos
importantes empresas griegas.

Aristides no lo planteó así. Utilizó expresiones
como «muy oportuno», pero Vicky lo entendió perfectamente y se dio cuenta, con desazón, de que había
algo más apremiante. Su tío quería que se casara con
Theo, necesitaba que lo hiciera.

El corazón se le heló más todavía.

Esperó, hecha un manojo de nervios, a que su tío
acabara el discurso. Él se quedó mirándola con una
mezcla de esperanza y miedo. Ella eligió cuidadosamente las palabras.

—Tío, ¿ese matrimonio te resultaría ventajoso desde
un punto de vista empresarial?

Los ojos de Aristides desprendieron un brillo.
Como si se sintiera atrapado.

—Bueno, como sabes, desgraciadamente, mi mujer
no fue bendecida con hijos y siempre se ha planteado
la pregunta de qué pasará con Fournatos cuando yo
fallezca. Si tú, mi sobrina, estuvieras casada con

Theo Theakis, cuyos intereses empresariales son parecidos a los de Fournatos, esa pregunta quedaría contestada.

—¿Significaría eso que las dos empresas se fusionarían? —preguntó ella con el ceño levemente fruncido.

—Quizá, en última instancia. Pero… —Aristides adoptó el tono desenfadado que empleaba para dirigirse a una chica que no debía preocuparse por esos asuntos—. ¡Eso no es lo que se pregunta una chica cuando un hombre quiere casarse con ella! ¡Y menos cuando se trata del atractivo Theo Theakis!

Con eso dejó claro que no pensaba alejarse del cuento de hadas que le había expuesto. Vicky no iba a sacarle nada más sobre el verdadero interés de Theo Theakis para casarse con ella. Sólo la angustia que había percibido en el rostro de su tío y el respeto que le inspiraba impidieron que le dijera que nunca había oído algo tan absurdo. Hizo un esfuerzo para escucharlo hasta el final.

—Estoy… abrumada —dijo ella con toda la continencia verbal que pudo.

—¡Claro, claro! —exclamó él—. Algo tan maravilloso es trascendental.

Vicky se dominó. Farfulló algo sobre un vestido que tenía que recoger en la ciudad y salió de la habitación con un torbellino en la cabeza.

¿Qué estaba pasando? Su tío no iba a decírselo, pero conocía a alguien que sí lo haría.

Aunque fuera la última persona a la que le gustaría ir a ver.

Hizo de tripas corazón y fue a ver a su pretendiente. Él no pareció sorprenderse. La recibió en su resplandeciente despacho de un edificio nuevo de oficinas. Se levantó de una enorme butaca de cuero que estaba detrás de una mesa mucho más enorme todavía. Cuando lo vio con ese traje de aspecto tan caro, ella volvió a sentir el estremecimiento de siempre. Allí, en su territorio, la sensación de poder era más fuerte que nunca.

Estiró la espalda. Era evidente que los sentimientos no tenían nada que ver con que aquel hombre hubiera comunicado a Aristides Fournatos su interés por casarse con ella. Juntar «matrimonio» y «Theo Theakis» en la misma frase era una contradicción.

–¿No quieres sentarte?

La voz grave provocó el estremecimiento habitual en ella. A Vicky le encantaría que no pasara, como le encantaría que él no la alterara tanto. Le pasaba desde el primer momento. Después del concierto de Mozart lo vio unas cuantas veces y cada vez su virilidad la alteró más. Su compañía la turbaba y, en la medida de los posible, se mantuvo al margen de cualquier conversación donde estuviera él. También intentó pasar por alto las miradas y murmullos de quienes los veían juntos.

Había llegado el momento de acabar con ese disparate. Se sentó en la butaca que había delante de la mesa, cruzó las piernas y deseó haberse puesto una falda más larga y holgada.

–Entiendo que tu tío ha hablado contigo.

Lo miró. Tenía el rostro impasible, pero su mirada era atenta. Ella asintió con la cabeza y tomó aliento.

–No quisiera ser descortés –empezó a decir ella mientras captaba un leve brillo en los ojos de él–, pero ¿qué demonios está pasando?

Lo miró con franqueza. Le costó mucho hacerlo, pero le pareció que era lo que tenía que hacer. Él la observó con detenimiento, como si la analizara, y ella tuvo que hacer un esfuerzo para aguantar su mirada.

—Si fueras completamente griega o te hubieras criado aquí, no me harías esa pregunta —Theo arqueó una ceja con sorna—. Naturalmente, ni siquiera estarías sola en mi despacho. Sin embargo, tendré que ser condescendiente con tus circunstancias.

Vicky notó que se le erizaban todos los pelos del cuerpo, pero él se dejó caer contra el respaldo de su imponente butaca y siguió tranquilamente.

—De acuerdo, te explicaré lo que está pasando, como tú dices. Dime, ¿sigues de cerca la prensa económica griega? —le preguntó con un brillo muy evidente en los ojos.

Ella sintió un escalofrío y no contestó.

—Entonces —siguió él—, doy por supuesto que no sabes que en estos momentos hay un intento de adquisición, hostil, de la empresa de tu tío. Sin entrar en detalles sobre las maniobras que se producen en el mercado de valores, una forma de defenderse de esos ataques es que otra empresa adquiera, amistosamente, participaciones de la hostigada. Eso es lo que tu tío y yo estamos negociando en estos momentos.

—¿Vas a hacerlo? —preguntó ella sin dar más rodeos.

—Como te he dicho, eso es lo que estamos negociando —contestó él con los ojos sombríos.

—No entiendo qué tiene que ver eso con la descabellada conversación que he tenido con él —replicó ella mirándolo a los ojos.

—Tu tío es muy tradicional y considera que las relaciones empresariales íntimas deben estar apuntaladas por relaciones familiares íntimas. Un matrimonio entre Fournatos y Theakis sería la conclusión evidente.

–Es la cosa más ridícula que he oído en mi vida –Vicky tomó aliento–. Dos desconocidos no se casan porque uno de ellos está haciendo una operación empresarial con el tío del otro. O hay algo más que se me escapa o estás tan fuera de la realidad como mi tío. ¿Por qué no te limitas a hacer lo que tengas que hacer por el bien de tu empresa? ¡Yo no tengo nada que ver con todo esto!

–Desgraciadamente, no es así –el tono de voz de él era más tenso y su mirada más fría–. Si no te importa, contéstame a una pregunta, ¿estás muy unida a tu tío?

–Ha sido muy amable conmigo y, aparte mi madre, es el único familiar que tengo –contestó ella con sequedad.

–Entonces, sabrás perfectamente que Aristides Fournatos es muy tradicional, como ya he dicho –Theo se inclinó hacia delante y ella, automáticamente, hacia atrás–. También es un hombre orgulloso. Su empresa está gravemente amenazada y él tiene poco margen de maniobra. Por decirlo claramente, yo puedo salvar su empresa con un gesto de confianza y apoyo económico. Además, personalmente, me encantaría hacerlo por distintos motivos. Las adquisiciones hostiles suelen ser muy perjudiciales para la empresa adquirida. En este caso, el adquisidor es un especulador que troceará el grupo Fournatos para obtener los máximos beneficios. Los desmenuzará como un buitre y no me gustaría que eso le pasara a ninguna empresa, y mucho menos a Fournatos. Sin embargo, mis motivos para ayudarlo a rechazar el ataque también son personales. Mi padre era amigo íntimo de Aristides y sólo por eso no me quedaría cruzado de brazos mientras esos saqueadores le quitan la empresa.

–Pero, ¿por qué tiene que haber algo más que un mero acuerdo empresarial entre mi tío y tú? –insistió ella.

Unos ojos oscuros, fríos e impenetrables se posaron en ella.

–¿Tú aceptarías la caridad? Aristides no está dispuesto a aceptar mi apoyo económico sin ofrecerme algo a cambio.

–¿No bastaría con una participación en Fournatos? –preguntó Vicky.

Theo Theakis no se inmutó.

–Tu tío quiere ofrecerme algo más –él hizo una pausa muy significativa–. Como sabes, tu tío no tiene herederos. Tú eres su familiar más cercano. Por eso quiere consolidar mi oferta de ayuda con mi matrimonio contigo.

–¿Quieres casarte conmigo para quedarte con su empresa cuando él se muera? –Vicky no disimuló el tono despectivo.

Los ojos negros soltaron un destello y él apretó los labios.

–Quiero casarme contigo para que Aristides acepte mi ayuda y evitar que su empresa desaparezca –la expresión cáustica volvió a sus ojos–. Puedes estar segura de que yo preferiría que tu tío aceptara sin condiciones. Sin embargo, su orgullo y dignidad ya se han llevado un mazazo al permitir que su empresa se viera expuesta a ese riesgo. No me gustaría ser ingrato con su oferta. Salvaría su orgullo, su dignidad permanecería intacta, su empresa estaría protegida y su futuro garantizado. En cuanto a ti –sus ojos volvieron a brillar y Vicky notó algo muy extraño en su interior–, tu futuro también se solucionaría de la forma que tu tío considera ideal, al sentirse como sustituto de tu padre. Te casarías con un hombre a quien él puede confiarte tranquilamente.

—Está claro que vives en otro mundo si has pensado por un segundo que yo... —Vicky se levantó.

—Siéntate, si no te importa —le ordenó él lacónicamente.

Vicky obedeció y le fastidió haberlo hecho.

—Thespinis Fournatos —siguió él—, tenemos que encontrar una solución aceptable para todos entre tu intempestiva reacción, los comprensibles deseos de tu tío y mi intención de no permanecer impasible ante el ataque a la empresa de él. Por lo tanto, propongo una cosa —la miró a los ojos y apoyó las manos en los brazos de la butaca—: nos casaremos con la intención mutua de que el matrimonio tenga una duración limitada, la suficiente para que tu tío salga de esta crisis y salve su imagen pública y social. Creo que cuando tu tío vuelva a considerar que su empresa está a salvo, aceptará la disolución de nuestro fugaz matrimonio y llegará a otros tratos para salvaguardar el futuro de su grupo. Si aprecias a tu tío tanto como dices, aceptarás esta propuesta.

Los sentimientos se arremolinaron en el pecho de Vicky. Uno era la aversión por sentirse tratada como una necia y una ingrata. El otro era más complejo, pero también mucho más sencillo. No quería casarse con Theo Theakis, punto. La mera idea era ridícula y disparatada. También era...

Alejó esos pensamientos y dejó de mirarlo a los ojos. No estaba cómoda allí sentada, tan cerca de él, sola en su despacho. Él la alteraba y eso no le gustaba nada.

Hizo un esfuerzo por volver mirarlo y captó cierto brillo de animadversión en sus ojos y algo más que le disgustó. Volvió a levantarse. Theo no le ordenó que volviera a sentarse. Ella agarró el bolso y lo estrechó contra el pecho.

—No me creo que sea la única forma de solucionarlo.¡Tiene que haber otra! —afirmó ella.

Salió del despacho. Sin embargo, una cosa era marcharse indignada del imponente despacho y otra muy distinta volver a encararse con su tío. Se dio cuenta de que para él era evidente que se casaría con el hombre que podía salvar su empresa. Aristides le había ocultado esa información para no abatirla. Lo más espantoso era que si no hubiera visitado a Theo y él no le hubiera explicado con una claridad brutal cuál era la situación, ella no habría dudado en decirle a su tío, con toda la delicadeza posible, que no tenía la más mínima intención de casarse que un hombre al que casi no conocía y mucho menos con ese hombre que la cohibía cada vez que lo veía. El problema era que sabía lo importante que era para él disfrazar la ayuda económica de Theo con un matrimonio de dinastías. Sin embargo, no podía plantearse ese matrimonio ni aunque se limitara a un matrimonio de conveniencia y temporal como le había propuesto Theo. Era ridículo.

Aun así, notaba que su resistencia iba cediendo. Cuanto más miraba la cara de su tío, más percibía su angustia. Parecía como si para él todo dependiera de que ella aceptara casarse. Además, no podía concebir que ninguna joven en su sano juicio pudiera rechazarlo. Era el marido ideal.

Vicky sabía que era un conflicto de culturas. En la

de ella la mujer se casaba por amor y en la de él por seguridad económica y posición social. Un conflicto imposible de resolver o de explicar. Sin embargo, si rechazaba esa propuesta de matrimonio, las consecuencias para su tío serían catastróficas.

No paró de darle vueltas al dilema y la cena de esa noche fue un suplicio. Notaba que su tío la miraba todo el rato expectantemente y no pudo pegar ojo en toda la noche.

Por eso, la llamada desde Londres de la mañana siguiente fue un alivio. Aunque el placer de oír la voz de Jem dio paso rápidamente a la desesperación. Le había dejado al cargo de Una Vida Nueva mientras ella estaba en Grecia, pero antes de colgar el teléfono se dio cuenta de que había sido un error. Jem congeniaba muy bien con los chicos más problemáticos, pero como administrador y organizador lo hacía muy mal.

—Lo siento muchísimo, Vicky, pero no presenté la solicitud de subsidio a tiempo y se ha pasado el plazo. No podremos solicitarlo otra vez hasta el año que viene. Había mucho trabajo con los chicos, tuve que echar una mano y se me pasó por alto —el tono de Jem era de desconsuelo.

Vicky contuvo la ira. A pesar del dinero que le había dejado su padre, necesitaban cada céntimo que pudiera conseguir y había contado con el subsidio para seguir adelante. Era una preocupación añadida a la que ya tenía en Grecia. Además, pronto tuvo que concentrarse en ésta. Nada más colgar el teléfono recibió otra llamada.

Era Theo Theakis.

—Me gustaría que comieras conmigo —le informó él sin preámbulos.

Le dijo el nombre del restaurante y la hora y colgó. Vicky se quedó mirando el auricular y lo detestó. Aun así, se presentó a la hora y en el sitio indicado y se sentó a la mesa donde Theo la esperaba de pie. Instintivamente, lo miró muy fugazmente a los ojos y se sintió cohibida por las miradas de curiosidad que se dirigieron hacia ellos.

—No quiero apremiarte, pero necesitamos que tomes una decisión sobre el asunto que nos ocupa —dijo él en cuanto el camarero hubo tomado nota—. La empresa que hostiga a la de tu tío ha adquirido otro paquete de acciones. Hay más accionistas que están vacilando. Si no se les envía una señal inequívoca de que voy a aliarme con Aristides, empezarán a vender en grandes cantidades. Así que… —la miró inexpresivamente—. Tengo que volver a preguntarte si estás dispuesta a aceptar la propuesta que te hice ayer.

—Tiene que haber otra forma de… —empezó a decir ella con tensión.

—No la hay —el tono de Theo fue tajante—. Si la hubiera, la habría adoptado. No obstante, si sigues pensando como ayer —Vicky captó el tono de censura en su voz—, te diré algo que ayer no se dijo.

Él hizo una pausa y ella lo miró a los ojos. Estaban velados, pero tenían algo más turbador que de costumbre. Quiso apartar la mirada, pero no lo hizo.

—Como te has criado en Inglaterra —siguió él—, supongo que el matrimonio de dinastías, como espera hacer tu tío, te resultará extraño. Sin embargo, esos acuerdos tienen otro aspecto que te dejaré bien claro. Se trata de la dote matrimonial. Si bien el asunto se complica por la amenaza que pende sobre la empresa de tu tío, en resumen supondría una cantidad de dinero que aparto para ti. Por favor, no me interrumpas. Ya sé que te parece algo arcaico, pero eso da igual.

Se detuvo cuando le llevaron el vino e hizo todo el ritual de catarlo. Cuando volvió a hablar, lo hizo con un tono levemente distinto, algo más suave. Vicky lo notó como un bálsamo poderoso y oscuro para sus nervios.

–Tiene que ser difícil para ti –Theo, sin dejar de mirarla, dio un sorbo de vino–. Al estar con tu tío te darás cuenta, quizá por primera vez, de lo distinta que habría sido tu vida si tu padre no hubiera sido tan exageradamente altruista. Por eso, el dinero que he mencionado, que conservaría yo si el matrimonio fuera normal, pasaría a tu disposición cuando el matrimonio se disolviera, ya que te propongo un matrimonio de duración limitada. Además, estoy dispuesto a darte un anticipo de esa cantidad cuando se celebre el matrimonio. La cifra que he pensado es ésta.

Vicky tuvo que tragar saliva al oír la cifra. Era casi el triple del subsidio que Jem no había solicitado. Con ese dinero podría…

Dejó de pensar en todo lo que podría hacer con ese dinero y volvió a mirar a aquel hombre de ojos negros e inescrutables que la estremecían.

–¿Y bien?

Ella abrió la boca y volvió a cerrarla.

–La cantidad definitiva que te daría cuando se disolviera el matrimonio sería el doble –concluyó él.

¿El doble? Lo miró sin verlo. ¿Qué habría hecho su padre? No podía recordarlo, pero su madre le había contado muchas veces que él había repartido su herencia entre quienes lo necesitaban sin pensárselo dos ve-

ces. Notó un nudo en la garganta. ¿Qué haría ella? Si
seguía adelante con esa disparatada idea, no sólo salvaría la empresa de su tío, sino que aportaría mucho
dinero a la institución benéfica de su padre y podría
ayudar a muchos chicos desdichados.

Miró al hombre que tenía enfrente y sintió la turba-
ción de siempre. Si él fuera una persona normal, podría hacerlo, pero no lo era. No había conocido a otro
hombre como ése y nunca había reaccionado ante nin-
guno como con él. Era peligroso.

Sin embargo, no tenía por qué ser peligroso. Incluso era absurdo planteárselo. Daba igual que ella tuviera esa reacción tan fuerte ante él, la cuestión era que
él no tenía ninguna reacción ante ella. Si podía conte-
ner esa reacción, podría seguir adelante y…

Tomó aliento. ¿Realmente estaba pensando lo que
estaba pensando? ¿Estaba pensando que podría seguir
adelante con semejante disparate? Era imposible. Sin
embargo, oyó las palabras que le salieron de algún sitio que ella prefirió no conocer.

−¿Cuánto tiempo tendría que estar casada?

Sonó el teléfono que había en la mesa y Vicky lo
oyó como si estuviera muy lejos. Estaba atrapada en el
pasado. Volvió al presente, al presente donde la desesperación y la ira la dominaban por igual.

«¿Cuánto tiempo tendría que estar casada?» La pregunta que hizo aquel día le retumbaba en la cabeza. En
ese momento accedió mentalmente a la idea de con-
traer el matrimonio que Theo le había planteado. Lo
supo al instante. Además, él empezó a engañarla también desde ese instante. El matrimonio que él le había

esbozado no tuvo nada que ver con el que resultó ser. La engañó desde el principio y siguió engañándola hasta el despiadado final. Volvió a sentirse dominada por la rabia. Efectivamente, Theo le había dado el dinero que consideraba un anticipo del que le daría cuando se disolviera el matrimonio, pero el resto… ¡Se lo había prometido y era suyo! No podía quedárselo sólo porque ella…

El insistente sonido del teléfono acabó abriéndose paso entre su furia.

—Dígame —dijo ella con tono cortante.

—Soy Demetrious Xanthou —le explicó una voz impostada y con acento extranjero—. Soy el asistente personal de Theo Theakis. Me ha pedido que le comunique que la recibirá esta tarde. Si es tan amable de darme su dirección, le mandaré un coche para que la recoja a las ocho.

Vicky se quedó petrificada, pero lo que sentía por dentro no era quietud; era un torbellino. Le dio la dirección entre titubeos y colgó con la mano temblorosa.

Se quedó con la mirada perdida un rato, hasta que sus ojos adquirieron una expresión implacable. Iba a verse cara a cara con el hombre que la había despedazado con sus palabras brutales. Eso, sin embargo, no le importaba en ese momento, sólo podía pensar en una cosa. Quería y necesitaba su dinero. Iba a obligarle a que se lo diera, costara lo que costase.

Theo Theakis estaba junto a la ventana de su piso de Londres. Tenía el rostro inexpresivo, pero un sentimiento bullía debajo de la careta impasible.

Miró a la mujer que tenía enfrente.

Al contrario que el día anterior, cuando intentó abordarlo, no se había molestado en vestirse para representar un papel. Era algo premeditado. El día anterior había representado el papel de la señora Theakis, pero esa tarde había elegido una imagen distinta. Llevaba vaqueros y un jersey de algodón muy corriente. Tenía el pelo sujeto en una coleta y no llevaba nada de maquillaje.

Él apretó los labios. No volvería a llevar esa ropa…

–¿Y bien?

La pregunta fue lacónica e imperiosa. Él apretó más los labios. ¿Cómo se atrevía a hablarle con esa insolencia?

–Querías hablar conmigo. Es más, fuiste muy expresiva al respecto –él no disimuló el sarcasmo–. Adelante, di lo que tengas que decir.

Theo vio que Vicky entrecerraba los ojos. Ella creía, después de todo lo que le había hecho a él, que podía ponerse exigente. De acuerdo, que exigiera, también podría pagar el precio.

–Quiero mi dinero.

Lo dijo sin rodeos y Theo notó que la furia que había contenido volvía a apoderarse de él.

–¿Tu dinero? Como sabes muy bien, la ley no opina lo mismo. El acuerdo que Aristides redactó conmigo lo deja muy claro, el dinero es mío.

Él notó, con un regocijo perverso, que la rabia se reflejaba en la cara de ella.

–¡Me lo prometiste! ¡Me dijiste que sería mío cuando se disolviera el matrimonio!

–¿Me estás acusando de fraude?

—¡Es mi dinero y no me lo has dado! —insistió ella con el rostro desencajado—. ¿Acaso no es eso un fraude?

—¿Realmente eres tan estúpida como para pensar que voy a darte ese dinero después de lo que me hiciste? No te mereces nada y eso es lo que voy a darte —adoptó un tono gélido y despiadado—. ¿Qué se merece una esposa adúltera?

Capítulo 4

VICKY notó que palidecía. Había vuelto al pasado y Theo la atacaba con sus garras y la destrozaba con sus insultos. Había intentado defenderse, pero había sido imposible. Él no le había dado la más mínima ocasión. Esa vez ni siquiera lo intentaría, no caería tan bajo. Sin embargo, le costaba quedarse allí, cara a cara con aquella presencia imponente que la abrumaba con su hipocresía. Era como una presión muy intensa que intentaba doblegarla y destruirla.

Se mantuvo firme. No era tan fácil destruirla. Había sobrevivido a su primera arremetida brutal, que acabó con aquella indescriptible farsa de matrimonio, aunque se quedara temblando como una hoja y deseando salir corriendo. Quizá logró su propósito, pero eso no significaba que hubiera olvidado o perdonado aquella escena inhumana, el juicio perverso e hipócrita que había hecho de ella.

Reunió todo el temple que pudo encontrar, se metió las manos en los bolsillos y lo miró impasible.

—No he venido a hablar de una historia pasada —dijo con un tono seco—. Theo, he venido por el dinero que me has negado. No voy a discutir cómo acabó nuestro matrimonio, sólo que acabó y que me debes ese dinero.

Vicky se quedó con la sensación de haber encendido la mecha, pero que no había disparado el cohete. Algo cruzó la cara de él, como si estuviera borrando cualquier expresión. Lo había visto muchas veces, normalmente, cuando hablaba con gente a la que no quería revelar lo que había dentro de su cabeza. También había sido una expresión habitual cuando hablaba con ella.

—Ya hemos dejado claro que no tienes derecho a recibirlo --replicó él con la suavidad del acero–. No obstante... –la miró con la misma expresión granítica de su rostro– quizá estuviera dispuesto a cambiar de idea. ¿Para qué quieres el dinero?

Vicky se sobresaltó y enmascaró su semblante. No iba a decirle que Jem tenía algo que ver con la necesidad que tenía del dinero. Todavía recordaba muy claramente cómo lo había machacado verbalmente hacía dos años y el nombre de Jem sería como una provocación.

—¿Qué más te da?

Notó que la respuesta lo había enfurecido. Theo estaba acostumbrado a salirse con la suya, a conseguir lo que quería. Sobre todo, si era algo personal. Además, no se andaba por la ramas para conseguirlo...

Los recuerdos se le agolparon. La memoria era muy peligrosa. Era preferible que estuviera enfadado con ella. Su furia podía ser un arrebato desaforado o el poder frío, contenido e implacable de un hombre muy rico, pero cualquiera de los dos era preferible a... Volvió a poner freno a los recuerdos. Tenía que concentrarse en el dinero que había ido a buscar.

Sin embargo, si era así, ¿por qué sus ojos no dejaban de desear posarse sobre ese cuerpo alto y delgado que tenía tan cerca y mirar ese rostro irresistible como si fueran un animal hambriento?

–Es una cantidad considerable de dinero –Vicky oyó que la contestaba e hizo un esfuerzo por atender–. No estás acostumbrada a tener tanto. Podrías ser presa de especuladores sin escrúpulos deseosos de quedarse con él.

Lo dijo con un tono suave y sin rastro de furia. Vicky, sin embargo, se mantuvo cautelosa. Sabía que tenía motivos para hacerlo.

–Voy a guardarlo en el banco. Emplearé una parte en una casa y el resto se quedará allí –era una evasiva y lo sabía. Era verdad en parte, pero daba a entender, engañosamente, que quería comprar una casa, no levantarla, y que le quedaría bastante dinero, cuando, seguramente, no quedaría nada. Sin embargo, no le debía la verdad. No le debía nada.

–Muy prudente –murmuró él con la misma expresión de ocultar algo–. Muy bien, desbloquearé el dinero.

Ella se quedó paralizada, incapaz de creer lo que había oído.

–Naturalmente, habrá algunas condiciones –el tono de él seguía siendo demasiado suave.

–No tienes derecho… –replicó ella con rabia.

Él levantó la manos para detenerla.

–Lo que tengo es algo que tú quieres. Si tanto lo deseas, acepta mis condiciones.

–¿Cuáles son? –preguntó ella con la barbilla muy alta y tono desafiante.

Él la miró un instante. Vicky no pudo interpretar la mirada ni la delicada superficie de su expresión; pero, súbitamente, una sombra muy fugaz cruzó su rostro y ella notó un vacío en el estómago.

–Muy sencillas. Volverás a Grecia conmigo, a mi cama.

El vacío se le extendió por todas las entrañas.

–No puedes decirlo de verdad.

Se quedó exhausta, como si no le quedara aire en los pulmones, y con la mirada fija, como la de un conejo ante un depredador.

–Es exactamente lo que quiero decir. Si quieres el dinero, tendrás que hacerlo.

–¡Es repugnante!

–También lo es el adulterio –replicó él sin inmutarse.

–No lo haré –Vicky apretó los dientes con toda su fuerza.

Él se encogió de hombros.

–Entonces, no hay nada más que hablar. Lo mejor será que te vayas, pero si lo haces –el tono se endureció–, no te molestes en volver a ponerte en contacto conmigo. Tú decides, en este instante, lo que quieres hacer.

Lo miró con espanto y ante ella desfilaron los recuerdos como los fotogramas de una película, recuerdos que ella nunca se había permitido…

–¿Y bien?

Vicky notó que las entrañas le abrasaban como quemadas por un ácido.

–¡No! ¡Claro que no lo haré! Debes de estar loco si crees que voy a hacerlo.

–De acuerdo, si ésa es tu decisión… –Theo se dirigió hacia la puerta.

–¡Quiero mi dinero! –bramó ella con desesperación y espanto.

–Entonces, cumple mis condiciones.

Él ni siquiera se dio la vuelta, se limitó a abrir la puerta del piso. Ella lo siguió.

–¿Por qué? ¿Por qué quieres que…?

No pudo decirlo, como no podía creerse lo que él le había dicho.

Él se dio la vuelta y se quedó muy quieto. Ella notó un nudo en el estómago. Repentinamente, sin que ella tuviera tiempo de darse cuenta, él extendió una mano, le tomó la mandíbula entre los dedos y luego se los pasó entre el pelo. La miró a los ojos con una expresión que la derritió por dentro. Con una lentitud insolente, le pasó el pulgar por el labio inferior.

–Me gusta terminar lo que empiezo.

Volvió a acariciarla con el pulgar. Vicky estaba paralizada y se le había parado el pulso. Él sonrió con la sonrisa de un depredador y apartó la mano.

–Mañana a mediodía me voy a Atenas en mi avión privado. Tienes hasta entonces para pensar lo que quieres hacer.

Abrió la puerta de par en par y esperó a que ella saliera. Vicky, con las piernas temblorosas, salió.

La calles de Londres pasaron ante ella sin que las viera. En algún momento debió de bajar al metro, tomar un tren, cambiar de línea, salir y llegar a su diminuto apartamento. Una vez dentro, fue a la cocina y se preparó una taza de té con la cabeza todavía en otra parte. Luego, en un arrebato de desesperación, se sirvió una copa de vino blanco, dio un sorbo, fue a la sala y se derrumbó en el sofá. Se quedó mirando al infinito con el corazón latiéndole como un tren de mercancías.

Tenía que pensar en aquello, pero no podía ni quería. Sólo quería fingir que el encuentro de esa noche no había sido real. Quería borrarlo de su cabeza. Sin embargo, sabía que, aunque no lo quisiera, tenía que tomar una decisión. Dio otro sorbo de vino. ¿Por qué tenía que tomar una decisión?, se preguntó a sí misma. No había nada que decidir. Era imposible, perverso y repugnante.

Se quedó con la mirada clavada al frente y notó como si los nervios le atenazaran las entrañas. Él había dicho que era la única forma de conseguir su dinero. Tragó saliva. En ese caso, tendría que apañarse sin él. Ése era el problema. Sin el dinero que había prometido a Jem, era imposible que la casa estuviera preparada para el verano, lo que quería decir que tendrían que esperar otro curso para poder aceptar chicos, si lo hacían alguna vez.

Sintió otra punzada de ira. Theo no tenía derecho a quedarse ese dinero. Daba igual lo que dijera la ley. Aquello sólo era una vil venganza. Bebió más vino. El alcohol estaba poniéndola furiosa y agresiva.

Fue un matrimonio de conveniencia. Ése era el meollo de la cuestión. Quisieron complacer a Aristides, que pudiera aceptar el dinero de Theo sin merma para su dignidad. Por eso lo hizo y eso fue lo que dijo Theo. La indignación le abrasó las venas. Había sido un matrimonio exclusivamente de conveniencia por motivos empresariales y la fidelidad era intrascendente. ¿Quién podía pensar otra cosa?

Su expresión se ensombreció. Theo lo pensaba. Ese monstruo de garras implacables y lengua más despiadada todavía que la había despedazado verbalmente. Recordó la respuesta que le dio aquel día espantoso que se enfrentó a él. «Fue un matrimonio de conveniencia, Theo, no uno de verdad. Una fachada vacía que no significaba nada en absoluto. Tú deberías haberlo tomado como tal en vez de… en vez de…»

Cortó en seco los recuerdos. No volvería a abrir esa puerta. Salvo que Theo la había abierto esa noche y había conseguido que ella mirara dentro. Sabía lo que él quería. Repitió sus palabras insolentes e inflexibles. «Me gusta terminar lo que empiezo». Sin embargo, ése no era el motivo de su repugnante condición. Quería venganza y sabía cómo conseguirla. Sintió un escalofrío.

Theo la había acusado perversa e injustamente de adulterio. Ella habría podido defenderse de tal forma que hasta él habría tenido que aceptarlo, pero si lo hubiera hecho… Fue imposible entonces y seguía siéndolo en ese momento por el mismo motivo.

Apretó la copa de vino con tanta fuerza que estuvo a punto de quebrarla. No podía seguir con esos pensamientos. Era suicida.

Con angustia, apartó los pensamientos del borde de ese precipicio. Para Theo, el adulterio no había sido el peor de sus delitos. Había otro mucho peor y también quería vengarse de él. Supo, con un estremecimiento de espanto, que lo conseguiría. La venganza sería la humillación. Su humillación. Theo la exprimiría hasta saciarse, hasta que hubiera pagado plenamente por el delito cometido contra él. No podía pasar por eso. No podía afrontar la humillación; no podía afrontar a Theo vengándose de ella.

Se levantó bruscamente y se rellenó la copa. Dio un sorbo y miró su apartamento. Era un mundo completamente distinto al que había conocido en Atenas como la señora Theakis. No podía volver allí. De entrada, no podía hacerlo por su tío. No había visto a Aristides desde que se marchó precipitadamente de Atenas. Le escribió una nota escueta en la que le decía que, lamentablemente, su matrimonio con Theo se había roto irreversiblemente. No recibió contestación. Sabía el motivo. Theo le había contado por qué había zanjado el matrimonio. ¿Por qué lo había hecho? No había ninguna necesidad. Nunca había trascendido la acusación que él le hacía y aunque se hicieron muchas conjeturas en los círculos más chismosos de Atenas, nunca pasaron de ser chismes. Theo podría haberle dicho a su tío que el matrimonio se había acabado sin explicarle por qué. Era lo que iban a hacer en cualquier caso. Ella, sencillamente, había precipitado el divorcio… Sencillamente… No había tenido nada de sencillo. Ni para ella ni para Theo.

En ese momento, él quería venganza. ¿Por qué había esperado tanto? Porque ella le había brindado la posibilidad al pedirle el dinero. Si lo quería, tendría que hacer lo que él quisiera. Sin embargo, era imposible. Nunca jamás se sometería a la humillación que había pensado para ella. Una humillación premeditada y constante.

Entrecerró los ojos y se quedó muy quieta. Eso era lo que quería Theo, pero ¿por qué iba a consentirlo? ¿Por qué no se limitaba a no entrar en el juego? O mejor…

Entrecerró más los ojos y dio otro sorbo de vino. Theo quería venganza y esa venganza era tenerla entre sus manos para humillarla. Sonrió. La venganza era un arma de doble filo. Ella podía aprovechar uno de los filos en beneficio propio. No sería venganza, sino algo mucho más importante para ella. Vació la copa de vino para darse ánimos. Necesitaba esa audacia para superar lo que se le avecinaba, pero si lo conseguía, si superaba la vejación que Theo estaba planeando contra ella, conseguiría algo que no había tenido nunca. Algo que no tenía absolutamente nada que ver con el dinero que quería. Además del dinero, Theo Theakis podría irse al infierno. Levantó la barbilla. Podía hacerlo, se dijo a sí misma. Podía y tenía que hacerlo.

Si lo conseguía, sintió una emoción abrasadora por la venas, por fin se libraría del hombre con el que se casó, se libraría en todos los sentidos.

Durante las horas siguientes, se repitió como una letanía que podía hacerlo. De no haberlo hecho, no habría sido capaz de recorrer la distancia que la separaba del aeropuerto. Intencionadamente, se había puesto unos vaqueros y un jersey barato y se había colgado una mochila de los hombros. Llevaba el pelo suelto y no se había puesto maquillaje. A pesar del cielo nublado se puso unas gafas de sol, no para proteger los ojos de la luz, sino para evitar la mirada directa de Theo.

Sin embargo, volver a verlo fue un suplicio. Cuando él se volvió para mirarla, tuvo que hacer un esfuerzo para no salir corriendo. Sus ojos no expresaron nada, ni satisfacción porque ella hubiera cedido a sus despreciables condiciones ni desdén por su aspecto desaliñado. Se limitó a decir algo en griego al joven que tenía al lado, quien se acercó a ella inmediatamente.

—Me llamo Demetrious Xanthou, asistente personal del señor Theakis. Por favor, indíqueme cualquier cosa que desee para el viaje.

Vicky no lo conocía de la época anterior. Sus modales eran impecables, pero su expresión era de indiferencia. Era la discreción personificada.

–Estoy bien, gracias –replicó ella.

Intentó que el tono fuera natural, como si fuera muy normal que la ex señora Theakis volviera a Grecia con él dos días después de arrojarle el bolso en un arrebato de furia.

Para Demetrious, parecía no tener nada de particular y Vicky puso un gesto de indolencia. Si Theo quería tratarla como a la mujer invisible, mejor para ella. Estaría encantada de tratarlo como al hombre invisible.

Sin embargo, era muy difícil. Cuando subieron al avión, Theo la dejó pasar delante, por una mera costumbre social, y ella percibió con espanto su cercanía detrás. El interior del avión, con sus enorme butacas de cuero y sus mesas de caoba, fue una conmoción. Los recuerdos la asaltaron sin piedad.

Aviones privados, yates enormes, coches exclusivos y ropa de modistas; esa forma de vida sería el sueño de mucha gente, pero no de ella. Para ella había sido una pesadilla.

Se sentó en la butaca que supuso que quedaría más lejos de la de Theo y dejó la mochila a sus pies. Rechazó las ofertas de retirarla o de guardarla, sacó una novela, se puso el cinturón de seguridad y empezó a leer. Sólo apartó la vista del libro para mirar por la ventanilla cuando despegaron. Al fondo del pasillo pudo ver a Theo que hablaba en griego con Demetrious, quien había desplegado unos papeles sobre la mesa que los separaba. El tono delicado del idioma de su padre la impresionó. Desde el final de su matrimonio, había evitado todo lo griego como si fuera la peste. Aunque nunca había dominado ese idioma, las palabras de Theo a su ayudante revolotearon en su cabeza y le recordaron otras palabras que no habían sido de trabajo…

Notó un vacío en el estómago. El valor de la noche anterior, inducido por el vino, se había esfumado. Su decisión de sacar partido de la insultante situación se había evaporado. Sólo quedaba un pánico atroz. Estaba en el avión de Theo camino de Grecia. Iba a acostarse con ella con su consentimiento, su presencia en ese avión era su consentimiento. ¡Se había vuelto loca! Tenía que salir corriendo en cuanto aterrizaran. Compraría un billete de vuelta con la tarjeta de crédito y saldría de allí en cuanto pudiera. Sin embargo, si lo hacía, se quedaría sin dinero. Los chicos se quedarían sin curso de verano y ella nunca conseguiría lo que la noche anterior le pareció al alcance de la mano. Nunca conseguiría librarse definitivamente de Theo, del poder que temía como a nada en el mundo. Tenía que hacerlo. No debía pensar en ello hasta que lo hubiera conseguido.

Rebuscó en la mochila, sacó el reproductor de música y se puso los auriculares. Los contrapuntos de Bach la aislaron de todo lo que la rodeaba. Siguió leyendo hasta que una azafata le preguntó qué quería beber. Pidió un café en vez del champán que le había ofrecido. Pensar en alcohol le revolvía el estomago. Tenía los nervios de punta. Pero no podía permitir que Theo notara que sus nervios se doblegaban ante su perversa venganza, no podía darle esa satisfacción.

Al menos, ya no podía verlo ni oír su voz grave y lo agradecía. Cuando le llevaron el café, dio un sorbo y miró por la ventanilla para serenarse. La mañana había sido muy precipitada. Sólo había tenido tiempo de levantarse aturdida después de una noche muy agitada y de meter lo esencial en la mochila.

En cuanto a Jem… Había cambiado de idea media docena de veces sobre decirle que tenía pensada una forma de conseguir el dinero. Una parte de ella quería tranquilizarlo, pero a la otra le espantaba la idea de que él empezara a preguntarle cómo pensaba conseguir que Theo cambiara de idea. Jem no podía saberlo. Le repugnaría y con motivos. Tenía que mantenerlo al margen por su bien. Como no le había contado lo brutal que había sido Theo cuando su matrimonio acabó tan bruscamente. En parte lo había hecho para ampararlo, pero también para que no se enfrentara a Theo en nombre de ella. Theo habría sabido que…

En ese momento, como entonces, Jem tenía que quedarse al margen. Estaban muy unidos desde hacía mucho tiempo y Jem era esencial para ella, pero no quería volver a arrastrarlo a la aterradora vorágine que fue el final de su matrimonio.

Haría lo que tenía que hacer, volvería a casa, con Jem, le daría el dinero y nunca le diría lo que había tenido que hacer para conseguirlo.

Dio otro sorbo de café y darse cuenta de lo que se le avecinaba fue como un puñetazo en la barbilla. La incredulidad se apoderó de ella, como si no estuviera en la realidad a la que se aferraba como a un clavo ardiendo.

Podía hacerlo, tenía que hacerlo. La letanía volvió a su cabeza y dejó de pensar en otra cosa. Sobre todo, en lo que aquello iba a significar.

Notó que se le cerraban los ojos y dejó el café en la

mesa. La agitada noche estaba pasándole factura. El sueño que tuvo fue muy vívido. Una isla mágica, cubierta de arbustos, bajo un cielo muy azul y rodeada por un mar color cobalto que la protegía del mundo exterior, una isla donde todo y todos sólo eran la materia de la que estaban hechos. Cielo y piedra, arena y mar, luz y oscuridad, carne y hueso. Y calor. Un calor que brotaba de las rocas y que caía del cielo deslumbrante, un calor que le recorría las venas como el fuego. Un fuego que no podía sofocar, un calor que no podía combatir, calor en la piel, en las venas, en la carne; un calor que se adueñaba de ella con cada latido.

Se despertó con los ojos fuera de las órbitas. Con el corazón desbocado. Aterrada.

¡Podía hacerlo! ¡Podía hacerlo! Se agarró con todas sus fuerzas a los brazos de la butaca. El avión siguió su rumbo.

Theo escuchó a Demetrious que le puso al tanto de su repleta agenda, pero tenía la cabeza en otra parte.

Ella había ido. No había estado muy seguro de que fuera a hacerlo. Sabía que podía haber pasado cualquier cosa, sabía que esa furia hipócrita podría haberla llevado a cortarse la nariz sin importarle la cara. Se puso tenso. Eso era, por encima de cualquier otra cosa, lo que lo enfurecía. Esa furia hipócrita porque le hubiera negado lo que ella se atrevía a considerar como un derecho: el dinero de su tío. El tío al que había ofendido y avergonzado, quien todavía tenía que soportar la carga de lo que ella había hecho.

En cuanto a él, ¿realmente creía que podía hacer lo que había hecho y que él le daría amablemente el dinero? Miró de soslayo adonde sólo podía ver la silueta de su cuerpo. Volvió a sentir una punzada de ira. Pero otra sensación la contrarrestó.

¿Había hecho bien en hacerle esa oferta y darle la ocasión de conseguir el dinero que anhelaba? ¿No debería haber seguido desdeñando su existencia para que cayera sobre ella todo el desprecio que se merecía?

Racionalmente, sabía que eso era lo que tenía que haber hecho. Pero la razón no dominaba su mente en ese momento. Sabía, aunque lo lamentara, que iba a seguir con aquello, que iba a llevar a cabo lo que se había propuesto hacer. Lo que le prometió la noche anterior cuando volvió a notar el roce de su piel en la de él.

Tenía un asunto pendiente con ella.

Tenía que zanjarlo para poder expulsarla de su vida definitivamente.

Capítulo 5

CUANDO el avión empezó a descender, Vicky notó que el estómago se le revolvía otra vez. No sólo porque el suplicio que se le avecinaba estuviera a punto de llegar ni porque la visión de cada rincón conocido de Grecia fuera a despertarle unos recuerdos aterradores, sino porque había caído en la cuenta de algo que empeoraría más todavía el suplicio. ¿Adónde, exactamente, pensaba llevarla Theo? ¿Tenía la intención de que la vieran con él en público? No podía ser capaz de eso. Tragó saliva. Eso había sido lo peor de su breve y nefasto matrimonio. En realidad, era una contradicción. Al fin y al cabo, sólo había sido para dejar claro que había transigido con la disparatada idea de casarse con él; de mostrar al mundo que Aristides Fournatos no tenía que mendigar nada a Theo Theakis, que sólo hacía algo que cualquier familia griega podía aceptar: crear un vínculo entre dos dinastías empresariales en beneficio de ambas. Salvar su empresa era casi anecdótico.

Por eso, mostrarse en público había sido una parte esencial de su matrimonio. Vicky pensó que podría aguantarlo, al fin y al cabo, había firmado un matrimonio sólo a ojos de los demás. Sin embargo, resultó ser mucho más difícil de lo que se había imaginado. Hasta que fue imposible.

Se puso tensa cuando las imágenes de los recuerdos desfilaron ante ella.

Como sobrina de Aristides Fournatos, captó el interés de su círculo de amigos y conocidos, la aceptaron, pese a ser inglesa, por Aristides. Sin embargo, como mujer de Theo Theakis no sólo despertó interés, sino una curiosidad casi feroz.

Sobre todo de las mujeres, para quienes su marido era objeto de su interés sexual. Su tío no había exagerado cuando le dijo que sería le envidia de todas las mujeres de Atenas. Había muchas. Eran mujeres que o bien habían tenido una aventura con él o les habría gustado tenerla o querrían volver a tenerla. Todas la envidiaban, la detestaban o las dos cosas a la vez. Pronto se dio cuenta de que había cometido una incorrección social de primer orden: se había llevado el mayor trofeo matrimonial de la sociedad griega.

Además, sin merecerlo o, lo que era peor, sin apreciarlo. Vicky supo, mientras el avión seguía descendiendo, que no había conseguido, ni remotamente, apreciar la envidiable suerte de tener a Theo Theakis como marido. Los comentarios mordaces e hirientes que recibió de otras mujeres lo demostraron. Comentarios de mujeres que la felicitaban abiertamente por haber capturado semejante trofeo o insinuaciones más maliciosas de otras que con una sonrisa le deseaban que Theo estuviera tan interesado en ella como lo estaba en la empresa de su tío. La reacción de indiferencia de ella pareció desquiciarlas más todavía. Las provocaciones subieron de tono y ella empezó a temer esas ocasiones en las que tenía que acompañar a Theo a algún acto social. Hasta que, para su alivio, la etiquetaron de inglesa de sangre gélida, aburrida e impasible y dejaron de hacerle caso.

Sin embargo, no fue la infinidad de mujeres que consideraban a Theo el objeto de su deseo lo que hizo que pensara que su matrimonio había sido un error monumental. Se le ensombreció la mirada. Sabía el momento preciso en el que se dio cuenta de las proporciones del error que había cometido.

La habían inducido la falsa sensación de seguridad. Desde el principio fue una novia de mala gana. Aparte de otras cosas, las condiciones de su matrimonio significaban engañar a su madre y a su padrastro. Se quedó pasmada cuando se dio cuenta de que Aristides había pensado invitarlos a Atenas para que fueran a la boda y para evitarlo tuvo que alegar que les era imposible salir de allí a mitad del curso. También le mintió al decirle que les había contado que iba a casarse. Naturalmente, no lo había hecho. Si su madre hubiera sospechado que iba a casarse con un hombre casi desconocido y por aquellos motivos, habría tomado el primer avión a Atenas para impedirlo.

A Jem tuvo que contárselo, aunque sólo fuera porque quería saber cuándo iba a volver a Una Vida Nueva. Fue muy complicado y aunque le aseguró vehementemente que sólo era un matrimonio a efectos sociales, supo que se sintió abatido. No se consoló ni siquiera con la idea de que en cuanto fuera aceptable volvería a Inglaterra con una generosa donación para la causa de su padre. Tampoco le hizo gracia tener que dirigir Una Vida Nueva, aunque ella le había prometido que estaría al otro lado del teléfono para lo que quisiera. Fue otra complicación y cuanto más ahondaba en todo el asunto de casarse con Theo, más reacia era y más intrincado se convirtió su compromiso.

Siguió adelante sólo por el alivio que reflejaban los

ojos de su tío. Desde que tomó la fatídica decisión, pasó muy poco tiempo con Theo y cuando estuvieron juntos él la trató de una forma impersonal y protocolaria que consiguió que ella superara el suplicio del brevísimo noviazgo y de la boda. Aunque la boda sólo fue una operación empresarial, se celebró con esplendidez pasmosa. A la ceremonia civil, para disgusto de su tío, le siguió un festejo por todo lo alto durante el que permaneció al lado de Theo, muy tensa y sin acabar de creerse lo que acababa de hacer.

Tuvo que llegar al destino de su luna de miel para que la realidad le pasara por encima con la fuerza de una apisonadora. Cuando la puerta de la suite del hotel se cerró detrás de Theo, ella cayó en la cuenta de que eran marido y mujer para todo el mundo. Se dio cuenta con espanto de que sólo había un dormitorio y una cama.

—¿Qué te pasa? —le preguntó él cortantemente al ver su expresión de angustia.

—Sólo hay una cama —contestó ella.

Él miró por encima de los hombros de ella y luego la miró a los ojos. Ella captó un brillo muy fugaz. Él se encogió de hombros.

—Es la suite de luna de miel. ¿Qué esperabas?

Ella retrocedió un paso. El botones ya había dejado los equipajes en la habitación. Sólo con llamar, la camarera aparecería para deshacerlos y dejar la ropa de dormir sobre la cama… ¿Usaría él pijama? Se le presentó la imagen en la cabeza y no pudo expulsarla. La figura alta y delgada de Theo desprovista de su carísimo traje, mostrando un cuerpo flexible y musculoso.

Tragó saliva. No era la manera de empezar esa farsa de matrimonio. Sólo había una forma de comportarse, como lo había hecho Theo, como si fueran dos desconocidos que tenían que compartir alojamiento durante un tiempo. Efectivamente, eran dos desconocidos... Sintió algo extraño y por un instante supo con espanto qué era. Era imposible que lamentara que sólo fuesen unos desconocidos.

Se repuso con firmeza. Theo era impresionantemente viril, pero eso no tenía nada que ver con la situación en la que se encontraba. Tenía que pasar por alto completamente la excitación que él le producía. Lo contrario no tenía sentido. Theo se había casado provisionalmente con ella para salvar la empresa de su tío y para nada más. Además, no era la única que lo pensaba. Nada más hacer su comentario, Theo miró detrás de él y clavó los ojos en el sofá que había en la sala.

—Dormiré allí —le aclaró.

Ella volvió a tener esa estúpida sensación, pero la sofocó con todas sus fuerzas.

—Gracias.

—De nada —replicó Theo con un tono que ella no captó del todo.

Ese acuerdo sobre cómo dormir marcó la pauta del resto de la luna de miel, que él empleó en reuniones con distintos funcionarios de comercio y empresarios y ella en visitas turísticas, así como la convivencia cuando se instalaron en la fastuosa residencia de Theo en Atenas. Una vez allí, casi no se vieron y ella lo agradeció. La casa era tan grande que coincidían muy pocas veces, pero ella siempre se alegraba cuando él tenía que irse de viaje de trabajo por Europa o, mejor todavía, a América.

Eso, sin embargo, no solucionó el otro problema: el aburrimiento. La principal ocupación del círculo social donde se vio inmersa era gastar dinero o asistir a actos sociales y ninguna de las dos cosas le gustaba. Ir de compras le parecía un derroche insustancial y tratar con otras personas no tenía sentido por la envidia y el rencor que le mostraban las demás mujeres. Le habría encantado pasar más tiempo con su tío, pero ya no fue tan fácil porque él estaba muy ocupado con conservar su empresa una vez que tenía al apoyo de Theakis Corporation. Además, le preocupaba que él acabara notando que su matrimonio era una farsa.

Para ocupar el tiempo, se dedicó a conocer Atenas y todos los monumentos clásicos de esa zona de Grecia. También, inspirada por el descubrimiento del legado de su padre, empezó a aprender griego y a estudiar la historia, la filosofía y el arte de ese país. También se convirtió en asidua del teatro, los conciertos y la ópera. En su casa, dedicaba unas dos horas al día a nadar y a aprovechar el magnífico gimnasio.

Todo aquello, sin embargo, acabó siendo la parte más fácil del matrimonio. Muchísimo peor era cuando Theo estaba en Atenas y tenía que asistir a todos los actos sociales, que parecían ser infinitos. Ser la pareja de Theo Theakis era casi insoportable. Notaba las miradas de censura o curiosidad clavadas en ella y se sentía cohibida con el papel que tenía que representar. Por eso era tan especialmente seca en sus modales y por eso, aunque tenía que comprarse ropa increíblemente cara para esas ocasiones, siempre elegía un estilo exageradamente discreto, ropa que no resaltara su figura ni la hiciera destacar. Le daba igual que mereciera el desdén de las sofisticadas mujeres entre las que Theo había elegido sus parejas sexuales. Sólo le preocupaba sobrellevar el suplicio de ser la señora Theakis. Le resultaba casi imposible estar relajada cuando estaba al lado de la imponente presencia de él.

Acabó dándose cuenta de que lo más arduo de todo era su papel como señora de Theakis anfitriona. Llevaba hasta al límite la desquiciante e irracional sensación de ser el centro de todas las miradas, de ser la pareja de un hombre que todas las mujeres deseaban y que la odiaban por no poseer. Le habría encantado poder gritar que dispusieran libremente de él.

Sobre todo, a una.

Se acercó a Theo durante uno de esos actos sociales a los que tuvo que asistir cuando volvieron de la fingida luna de miel y la reconoció inmediatamente. Era aquella mujer impresionante que acaparó a Theo durante la cena que dió su tío y en la que conoció a su marido.

–¡Theo! –exclamó la mujer con un tono meloso y en griego para marginarla.

Se quedó muy cerca de Theo y esa cercanía contrastó poderosamente con la forzada distancia que él solía mantener con ella. Como también fue llamativa, se dio cuenta ella con una repentina tensión, la sonrisa que Theo le dirigió. Fue una sonrisa sensual y de complicidad. A ella nunca le había sonreído así. Claro que nunca le había sonreído así; era la sonrisa de quien había disfrutado de los favores de una mujer.

Hizo un esfuerzo por mantener la compostura. ¿Qué podía importarle? Que tuviera las amantes que quisiera. Eso no era de su incumbencia. Para demostrarlo, extendió la mano.

–Hola, no nos conocemos, ¿verdad? Estoy segura de que me acordaría –la saludó ella con amabilidad.

La mujer parpadeó. El tono había sido delicado e, intencionadamente, se había dirigido a ella en inglés, pero notó que la otra mujer había captado el sutil insulto. La amante de Theo, fuera la de ese momento o no, era una mujer que las demás mujeres no olvidaban.

—Christina Poussos —se presentó despectivamente—. Una vieja amiga de tu… marido

—No… —ella sonrió con dulzura—. Nada de vieja…

Miró con franqueza el rostro, de treinta y tantos años, primorosamente maquillado. También pudo oír que Theo se aclaraba la garganta. Casi frunció el ceño. No era posible que hubiera sido una risa disimulada.

—Christina —intervino él con un tono apaciguador—. Como sabrás, Victoria es la sobrina de Aristides Fournatos.

La otra mujer sonrió. Le había llegado el turno de réplica y lo aprovechó.

—Claro. Seguro que me permitiréis felicitaros por una unión tan extraordinaria. Fournatos y Theakis… una combinación empresarial formidable. Ahora, querido Theo, tienes que contarme cuándo estarás libre para comer conmigo. Necesito tu perspicacia en los negocios para que me aconsejes cómo invertir la liquidación de mi divorcio.

Vicky volvió a ponerse tensa. Se quedó muy quieta con una sonrisa y dando sorbos de vino hasta que la mujer rozó los labios de Theo con los suyos y se alejó.

—Hasta el viernes, Theo, cariño —susurró.

Ella agarró la copa de vino con todas sus fuerzas, pero aflojó la mano enseguida. Le importaba un comino lo que Theo pudiera tener con Christina Poussos o con quien fuera. Dio un sorbo muy largo. Le daba igual. Le importaba un comino. Sencillamente, no tenía ningún interés en saber nada del asunto. Se volvió hacia Theo animada por el vino.

–Siento haber hecho un cometario mordaz sobre su edad. Ha sido un golpe un poco bajo. Espero no haber herido sus sentimientos.

Él la miró detenidamente con sus ojos negros. Vicky tuvo que hacer un esfuerzo por aguantar la mirada.

–Me parece que ella tampoco se ha mordido la lengua, ¿no? –le preguntó él con una ceja arqueada.

–¿Lo dices por el comentario sobre las ventajas empresariales de una unión entre Fournatos y Theakis? –ella abrió los ojos como platos–. ¿Qué tiene de malicioso? Es la pura verdad. Siempre que no vaya contándole a mi tío que es un matrimonio provisional y una farsa. Hablando de mi tío, ¿no ha venido? –ella estiró el cuello–. Sí, allí lo veo. Voy a saludarlo. No puedo pasarme toda la noche pegada a ti.

Fue a alejarse, pero un leve contacto en el brazo la detuvo. Los dedos de Theo le rodearon la muñeca. Sintió una descarga eléctrica que la paralizó.

–¿Por qué no? –Theo se lo preguntó con naturalidad, pero ella percibió algo más–. Al fin y al cabo, estamos recién casados.

–Bueno, si crees que el espectáculo debe continuar, adelante, ¿Debemos agarrarnos del brazo? –le preguntó ella con un falso desenfado.

–¿Por qué no? –repitió él con suavidad.

Esa delicadeza la alteró. Él la agarró del brazo y la llevó hacia su tío. Ella, tiesa como un palo, lo siguió.

Se soltó en cuanto pudo. Sabía que sólo era una demostración, pero se sentía muy incómoda. Sólo podría sobrellevar ese suplicio si se mantenía a distancia de él. Estaba desesperada. ¿Dónde se había metido? Quería volver a Londres, con Jem, con Una Vida Nueva, a su vida segura y conocida. Quería alejarse de Theo y de ese matrimonio sin pies ni cabeza. Era tan obsesivo que no podía pensar en otra cosa.

Al menos, sólo tenía que ser la señora Theakis en público. En privado, quedaba libre de todo servicio y se le disipaba la tensión. A Theo le pasaba lo mismo. Podía dejar de fingir que era un marido considerado y tratarla con una indiferencia cortés. Cuando hablaba con ella, era como si se dirigiera a cualquiera, hombre o mujer, de quince o cincuenta años. Ella se alegraba. Era evidente que Theo sentía por ella la misma indiferencia que ella por él. Eran unos desconocidos unidos por las circunstancias.

Hasta aquella fatídica noche. Cuando se dio cuenta de que estaba ante un peligro que nunca había imaginado que iba a encontrarse.

Ocurrió al final de aquella cena interminable y agotadora. Había sido una noche complicada, pero había hecho todo lo que estuvo en su mano. Eligió cuidadosamente el vestido y las joyas, se arregló el pelo y se maquilló con esmero. Fue la anfitriona perfecta; sonrió, charló y agradeció mucho que el personal de Theo consiguiera que todo funcionase como un reloj. Fue tan larga que los músculos de la cara acabaron doliéndole tanto como los pies. Sin embargo, los últimos invitados se fueron. Estaba al pie de la escalera cuando Theo, con su inmaculado esmoquin cubriéndole las anchas espaldas, se volvió después de despedirlos. La miró un instante y ella se dio cuenta, con una conmoción devastadora, de que se había equivocado completamente respecto a él.

Todavía podía notar la resonancia de aquella oleada abrumadora. La notó mientras miraba por la ventanilla de avión que la devolvía a Atenas.

A partir de aquel momento, su matrimonio cambió para siempre. Al principio no lo creyó. Había dado por supuesto que ella se confundió al interpretar lo que vio en esos ojos cuando la miró. No podía haber otra explicación. Era tarde, estaba cansada y había bebido vino, como él. Por lo tanto, aquella expresión no había tenido nada que ver con ella. Había sido un recuerdo o un ensueño, pero no de ella. Era imposible. Hasta entonces la había tratado con la indiferencia natural en ese matrimonio. Entonces, ¿cómo era posible que esa mirada fuera dirigida a ella?

Sin embargo, lo fue. Sin ninguna duda. Una mirada inconfundible. Se clavó en ella evidente y arrolladoramente.

Fue una mirada. Nada más. Nada menos.

Ella supo, con espanto y con un traicionero bullir en la sangre, que aquel matrimonio fingido se había convertido en otra cosa completamente distinta. Se había convertido en una cacería.

Cerró los ojos agotada por ese descenso al pasado ineludible.

Theo Theakis inició una cacería. A partir de aquel instante, ella se convirtió en una criatura acechada. La presa de un depredador diestro, implacable e incansable.

Su maniobra había sido muy hábil. Lento y perseverante, sacó a relucir toda la pericia que había adquirido con tantas mujeres. Con el paso de los días y las semanas, ella se dio cuenta de que él sólo tenía un destino para ella: la cama.

Capítulo 6

VICKY volvió a sentir el vacío en las entrañas que sintió cuando comprendió lo que Theo tenía pensado para ella. Además, como entonces, tuvo la misma reacción: pánico absoluto seguido de una furia cegadora.

¿Qué se había creído que estaba haciendo? Eso fue lo que exclamó para sus adentros entonces y volvía a exclamar en ese momento. Sin embargo, en ese momento sabía algo que no sabía entonces. Theo Theakis era un hombre que no se paraba ante nada con tal de conseguir lo que quería. Su presencia allí era la demostración.

Oyó las gélidas palabras en su cabeza. «Me gusta terminar lo que empiezo». Abrió los ojos con la mirada perdida en el infinito. Tenía que hacer aquello porque tenía que… Cuando lo hubiera hecho, habría terminado con Theo Theakis para siempre. Habría terminado lo que él empezó, lo que ella nunca quiso que él empezara. Entonces, Theo Theakis podría irse al infierno que se merecía. Sintió una firmeza inquebrantable y el odio hacia él se adueñó de cada célula de su cuerpo.

El avión tocó tierra y los frenos chirriaron hasta que se detuvo. Se soltó el cinturón y miró alrededor. Theo ya estaba levantado, como su asistente. No la miró. Fue hacia la puerta y se paró un instante para susurrar un agradecimiento a la tripulación. Demetrious lo siguió con el maletín. Vicky notó que vaciló levemente, como si fuera a volverse para dirigirse a ella, pero salió precipitadamente detrás de su jefe.

Una azafata se acercó a ella para acompañarla. Cuando salió, Theo se había marchado. Vicky supo el motivo y se alegró. Aunque estaba segura de que lo había hecho pensando en sí mismo, por lo menos la libraba de algo que había temido: la presencia de los paparazzi que esperaban a los pasajeros que salían por la sala VIP. Si se enteraban de que volvía a Grecia con Theo, se frotarían las manos de felicidad.

Un destello sombrío brilló en sus ojos. Fueron los paparazzi, que la siguieron a aquel hotel, quienes precipitaron el espantoso final de su matrimonio.

Dejó de pensar en aquello. No volvería a recordar la escena en la que Theo descargó sobre ella toda la ira de que era capaz. Como tampoco pensaría en lo que estaba haciendo allí.

Un coche con chófer y cristales oscuros estaba esperándola. Cuando se dio cuenta de que ésa sería su forma de transporte, sintió un alivio enorme. El coche significaba que se quedaría en la península. Sólo Dios sabía cuántas camas tenía Theo en sus miles de casas, pero había una que ella temía por encima de las demás. Tenía que bloquear el cerebro a los recuerdos. No podía pensar en la isla. La isla donde sufrió el mayor de los suplicios. Mucho más insufrible que la brutalidad con la que se deshizo de ella como su mujer. Sintió un escalofrío ante la idea de que Theo se hubiera vengado llevándola a aquel sitio.

Sin embargo, si no iba a llevarla a la isla, ¿adónde pensaba llevarla? ¿Pensaba retenerla en su casa? Era casi peor. Su tío se enteraría fácilmente de que estaba allí. Como siempre que se acordaba de su tío, se sintió dominada por la furia. Theo no lo dejó al margen de su brutalidad. Destrozó su relación con su único familiar por parte de padre y no se lo perdonaría.

Cuando el coche abandonó el aeropuerto, comprobó que no se dirigía hacia Atenas ni hacia el puerto, donde tenía anclado el yate. Cuando se dirigieron hacia la costa y leyó los carteles, cayó en la cuenta y sintió otro arrebato de ira incontrolable. Era un canalla de los pies a la cabeza.

Era evidente que lo hacía premeditadamente, que estaba dejándole muy claro lo que quería hacer con ella. Entonces, entre tanta rabia, brotó otra sensación. Se afianzó en hacer lo que tenía que hacer. Era una partida que tenían que jugar los dos. Si creía que él llevaba las riendas, tendría que pensárselo dos veces. Ella tenía sus planes para ese episodio infernal y los llevaría a cabo a toda costa.

Se dejó caer en el delicado cuero del asiento mientras el coche la llevaba suavemente a su destino. Llegaron pronto. Al fin y al cabo, tenía que estar a una distancia aceptable para un hombre tan ocupado.

–¿*Kyria?*

La voz del conductor fue impersonal, pero su mirada, cuando ella se bajó del coche, no lo fue tanto. Captó cierta curiosidad y desconcierto. Como si le pareciera raro que una mujer con vaqueros y un jersey barato fuera allí. Las mujeres que iban allí eran sofisticadas y hermosas, como Christina Poussos. Además, estarían muy agradecidas por ser el objeto de su interés y mucho más agradecidas todavía por la deferencia de haberlas llevado allí.

Miró la casa que tenía delante. La había construido en medio de un jardín exuberante, protegida por un muro y sistemas de seguridad electrónicos y alejada de las miradas curiosas. Era pequeña para lo que acostumbraban a ser las casas de los ricos, pero era lujosa y Vicky sabía perfectamente qué tipo de sitio era. No se lo dijo su marido, sino una mujer que la había visitado bastantes veces, según ella. A Vicky le dio igual y esa indiferencia molestó evidentemente a la otra mujer.

Un empleado que no reconoció le abrió la puerta y ella entró con una indiferencia parecida. El personal de esa casa sería completamente distinto al de las otras casas que tenía por toda Grecia; la enorme mansión en Kifissia, el piso en el centro de la ciudad, el chalé para ir a esquiar y la villa en la playa de una isla.

Le daba igual que no la reconocieran. Sabía que ese personal, además de tener la habilidad de no dejarse ver, sería de una discreción absoluta, ciegos y sordos ante la identidad de los invitados de su jefe.

El interior de la casa estaba fresco y Vicky sintió un ligero escalofrío. Atravesó el vestíbulo con suelo de mármol y entró en una sala. La decoración era lujosa y profesional, pero sin el más mínimo toque personal. Vio, a través de las persianas, un porche y el mar a lo lejos. Volvió al vestíbulo y subió las escaleras. No había ni rastro del personal, pero ella sabía que si dejaba la mochila en el suelo, alguien invisible la recogería y la vaciaría de su escaso contenido.

Había varias puertas en el descansillo y abrió una al azar. Era un dormitorio de invitados. La puerta siguiente daba a un cuarto de baño tan grande como un dormitorio. Esbozó una sonrisa burlona, pero bastante forzada, al ver la bañera donde cabían cómodamente dos personas, un jacuzzi y una ducha muy amplia y a ras del suelo. La puerta siguiente era la del dormitorio principal, que tenía una cama tan grande como su cuarto de baño. Cerró la puerta bruscamente y volvió al dormitorio de invitados. Allí, al menos, no había una cama tan grande como un campo de fútbol y, evidentemente, ideada para cualquier cosa menos dormir.

Fue a la ventana, levantó las persianas y miró al exterior. Al fondo, más allá del jardín y la piscina, vio una pequeña playa de cantos rodados con un embarcadero en un extremo.

Sintió un hormigueo por dentro, pero lo sofocó inmediatamente. Empezó a vaciar la mochila, eso la distraería, impediría que pensara. No pensar era esencial.

Sin embargo, tardó sólo unos minutos en deshacer la mochila. Volvió a mirar por la ventana. Las sombras estaban alargándose. La diferencia de dos horas y la duración del trayecto habían acabado con el día. Con un súbito impulso, descolgó el teléfono interior. Contestaron inmediatamente, y pidió que le sirvieran un café en la terraza. Luego, con un libro en la mano, bajó las escaleras.

Seguía haciendo calor en la terraza a pesar de la hora. Se arrepintió por no haberse puesto una ropa más ligera, pero si lo hubiera hecho, habría tenido que ducharse y no tenía ganas de ver su cuerpo desnudo.

La cruda realidad la golpeó con todas sus fuerzas y sintió pánico. No iba a poder hacer aquello. El corazón le latió a toda velocidad. Hizo un esfuerzo por calmarse. Sí podía hacerlo, pero la única forma de conseguirlo era no pensar en lo que estaba haciendo.

Se sumió en un estado de indiferencia premeditada y se sentó en una butaca enorme desde donde podía ver la piscina. Se puso a leer y al cabo de unos minutos llegó el café con una fuente de pastas y galletas. Debería comer porque no había podido probar bocado en el avión, pero se conformó con un sorbo de café. Bebió y leyó. No pensó. Sin embargo, los pensamientos se abrieron paso entre las palabras del libro hasta abrasarle las entrañas como un ácido.

Estaba en Grecia. Hacía dos años que no pisaba ese país. Alrededor podía oír las chicharras, sentir el calor y ver el reflejo del sol en el agua muy azul. El día anterior, a esa hora, no sabía que iba a estar allí. No sabía el calvario que se le avecinaba.

Las dudas volvieron a asaltarla y a mermar la poca firmeza que le quedaba. Volvió a repetirse que tenía que conseguirlo; que saldría de allí con el dinero; que volvería a su vida normal y que nunca más volvería a saber nada de Theo Theakis.

Sintió que la ira iba adueñándose de ella y dejó que aumentara para darle fuerzas. Dejó que su imagen se le presentara en la cabeza. Alto, moreno, mortífero.

Se levantó de un salto, tiró la taza de café en la bandeja y el libro cayó al suelo. Salió de la terraza, pasó junto a la piscina y bajó los escalones que llevaban a la playa. Era muy pequeña, casi ni se podía pasear por ella. La vegetación a los extremos era tan densa que no pudo atravesarla y tuvo que conformarse con ir de un lado a otro de la playa de cantos rodados. El caluroso atardecer mediterráneo la envolvió como una manta sólo atravesada por el ruido de las chicharras. Sintió una ansiedad malsana por tener que ir arriba y abajo. Entonces, sin saber por qué, se detuvo. Se le puso la carne de gallina. No había oído nada, pero sí lo había notado. Muy lentamente, se dio la vuelta hacia la casa. Theo estaba mirándola desde el porche.

Theo no dejó de mirarla aunque ella se hubiera dado cuenta. Estaba nerviosa. Se alegró. Eso significaba que el aire de indiferencia que había mostrado durante el vuelo había sido fingido. Sabía que ella podía fingir muy bien, demasiado bien. Había fingido ser su mujer hasta que la prensa, por una vez en su repugnante existencia, había hecho algo útil. Sintió la punzada de ira que conocía tan bien. Ira por su descarada insolencia, por haber hecho lo que hizo y porque cuando se lo reprochó, no mostrara ni vergüenza ni arrepentimiento. Ira por su constante desfachatez, por creer que tenía derecho a recibir el dinero que Aristides había separado para ella y a quien había correspondido con la humillación y la deshonra. A ella eso le dio igual, como todo y todos...

Dejó que la ira fuese disipándose poco a poco. Había dispuesto de dos años para que se le disipara y no tenía sentido permitir que volviera. No hacía falta ser griego para saber cuál era la primera norma de la venganza. La venganza era un plato que se servía frío.

Era un plato que empezaría a comer esa noche. Levantó una mano y la llamó.

Ella volvió a la casa aunque no quería hacerlo. Quería que una lancha rápida la llevara muy lejos de allí. Eso, sin embargo, era imposible. Subió lentamente los escalones que la llevaron al porche. No dijo nada ni lo miró a los ojos. Aunque notaba angustiosamente su presencia.

–Ve a cambiarte –le ordenó él al cabo de un momento–. Tienes ropa nueva en tu habitación. Nos veremos dentro de una hora para tomar algo.

Ella ni siquiera contestó. Pasó a su lado, entró en el vestíbulo y subió las escaleras. Había dos personas en la habitación. Una era del personal de la casa y la otra, supuso ella, era una especie de asesora de compras. Estaban metiendo la ropa en el armario y los cajones.

–Voy a ducharme –comentó ella.

Entró en el cuarto de baño y cerró la puerta. Tuvo una sensación amarga, tomó aire y miró al espejo que había en el tocador. Pero no se encontró con su mirada. Ni siquiera se miró a sí misma, miró el reflejo de la pared del fondo. Reunió fuerzas y empezó a quitarse la ropa.

Unos minutos después, cuando salió, estaba limpia y envuelta en un albornoz. Le quedaba corto y no le tapaba las piernas. Las mujeres seguían esperándola en el cuarto. Esbozó una sonrisa de cortesía, les dio las gracias y las despidió. No quería a nadie cerca mientras se vestía. Hizo un esfuerzo por mantener la calma y empezó a repasar los cajones y la ropa que colgaba del armario. Tardó unos segundos en comprobar las instrucciones que había recibido la asesora de compras. Sintió una punzada de furia. Entonces, con los labios muy apretados, se recordó que esa ropa era perfecta para el propósito que se había marcado. Fueran las que fuesen las intenciones de Theo, ella también tenía las suyas y no podía vacilar. Con una determinación férrea, eligió la ropa y empezó a arreglarse. No había llevado nada para maquillarse, pero pudo ver que le habían proporcionado un estuche con el logotipo de una marca muy famosa.

Tardó casi toda la hora que Theo le había concedido, pero hizo lo que tenía que hacer con la mayor indiferencia que pudo reunir. Entonces, bajó las escaleras.

Él estaba en la sala hablando por el móvil. Ella entró, fue hasta el mueble bar y se sirvió un vermú bastante generoso. Luego, se volvió con el vaso en la mano. Su ex marido dejó de hablar, se guardó el teléfono muy lentamente y se quedó mirándola.

Capítulo 7

THEO notó que su cuerpo reaccionaba. Habría sido imposible que no lo hiciera. Los sentimientos brotaron al mismo tiempo que su reacción animal.

Uno de los sentimientos era evidente, pero el otro… El otro era improcedente. Lo desdeñó. Luego, como el degustador de mujeres hermosas que era, dio rienda suelta al sentimiento dominante. Llevaba un vestido de seda azul que se ceñía a su cuerpo más que su propia piel, que le resaltaba los pechos y que mostraba el profundo escote. El pelo rubio caía seductoramente sobre un lado de la cara hasta posarse en un hombro. Los ojos eran enormes y la boca una curva carnosa con un color parpadeante.

Ella, de pie, se llevó el vaso a la boca y dio un sorbo intencionadamente lento. Luego, volvió a bajar el vaso. Fue un gesto calculado y provocativo.

Él captó el juego. Los sentimientos volvieron a entrar en conflicto y, como antes, dejó a un lado el intrascendente. Sabía qué era la mujer que tenía delante. Lo había sabido desde hacía mucho tiempo y por saberlo deseaba hacer lo que iba a empezar a hacer esa noche. Iba a servirse un plato frío y muy apetecible.

Se acercó a ella. Vicky se quedó paralizada con el vaso en la mano, como un conejo ante su depredador.

Sin embargo, algo le bullía por dentro como un fuego por unos rastrojos secos. Efectivamente, eran unos rastrojos secos. Hacía dos años que ese fuego no le recorría las venas. Los recuerdos le fundieron el pasado y el presente.

Theo que se acercaba a ella con sólo una intención en los ojos; unos ojos que había clavado en los de ella y no la permitían moverse. No la permitían escapar.

Ella lo deseó con todas sus fuerzas, pero ni siquiera pudo dar un paso. Se quedó quieta mientras él se acercaba y alargaba una mano. Le pasó los dedos entre el pelo que le caía por el costado de la cara. El pelo no tenía sensibilidad, pero ella notó que todas las terminaciones nerviosas del cuerpo la abrasaban.

Durante un momento interminable, él no dijo nada. Se limitó a mirarla con los párpados muy levemente entrecerrados. Ella permaneció inmóvil, estremecida por su presencia abrumadora, por su cercanía, por su intención.

Luego, con un gesto pausado, dejó caer la mano.

–Antes cenaremos –susurró él.

Fue al comedor que daba a la sala. Vicky lo siguió. Tenía el pulso alterado e intentó sosegarlo, pero no pudo. Dio otro sorbo de vermú. Se sintió mucho mejor. Con la fuerza que necesitaba imperiosamente.

Un empleado de la casa había apartado una silla. Ella se sentó y susurró un agradecimiento. Con cierto espanto se dio cuenta de que le había salido en griego. No quería sentirse en Grecia. Sólo quería acabar con todo aquello. Miró a Theo con animadversión mientras él se sentaba. ¿Por qué había montado esa farsa de cena? ¿Por qué no la llevaba a esa descabellada cama y hacía lo que se había propuesto hacer?

Dio otro sorbo de vermú y al ver la copa de vino blanco que acababan de servirle, la agarró y también bebió. La mezcla era bastante mala, pero le dio igual. Necesitaba el alcohol.

–Si pretendes perder el sentido, será mejor que te lo pienses.

Ella lo miró con un destello en los ojos. Quiso decirle que perder el sentido sería la mejor manera de sobrellevar lo que él tenía pensado hacer con ella, pero la presencia de los empleados la disuadió. Entonces, apartó ostensiblemente la copa de vino y se acercó la copa con agua mineral.

Comieron en silencio. No podían hacer mucho más con las idas y venidas del servicio. Vicky no sabía si alegrarse de esa presencia. Ellos daban una apariencia de normalidad a la situación, pero eso sólo conseguía que le pareciera más hipócrita.

Theo no dijo nada. Parecía absorto. Ella hizo todo lo posible por no mirarlo ni pensar. Se limitó a comer y a beber el vino que le servía el silencioso servicio. ¿Les parecería raro que su jefe y su última conquista cenaran en riguroso silencio? A ella le daba igual. ¡A saber cuántas cosas habrían visto! Prefería no imaginárselo. Theo y todas esas mujeres tan dispuestas. Pero no ella. Sintió un arrebato de ira, pero se le derrumbó como un castillo de naipes. Una voz leve, taimada y mortífera se le coló en la cabeza y la llamó mentirosa. Se quedó petrificada. La misma voz le recordó que una vez, al final, ella también estuvo dispuesta.

Involuntariamente, arrastrada por una fuerza que no pudo resistir, lo miró. Se quedó sin aliento. ¿Por qué le pasaba lo mismo cada vez que lo miraba? Porque había sentido su fuerza desde la primera vez que lo vio.

La fuerza que la alteraba, que la debilitaba. Una capacidad para conseguir que hiciera lo que no quería hacer.

Volvió a recordar el pasado, el vino la ayudó, y los recuerdos se adueñaron de ella. Él la había acechado desde el momento en que se fijó en ella al pie de la escalera y ella captó sus intenciones. Supo lo que quería y lo persiguió sin pausa. Hasta que quebró su resistencia. ¿Cómo había sido tan imprudente de ir a la isla? Pensó que era un refugio; un sitio donde podría esconderse, escapar. Debió haber sabido que era una trampa, un señuelo, y que una vez allí no podría echarse atrás.

Se había ido a la isla privada que Theo había mencionado de pasada sin darse cuenta de que había hecho exactamente lo que él quería que hiciera, que la tensión a la que la había sometido los días previos había sido parte de la maniobra. No había sido una maniobra precipitada. Fue un proceso muy lento para que ella supiera cuáles eran sus intenciones. Siguió incluso cuando ella se dio cuenta, con incredulidad, de que, efectivamente, Theo creía que podría disfrutar de ella en la cama. Tendría que haberse enfrentado a él en ese instante y decirle adónde podía irse.

Sin embargo, no lo hizo y poco a poco, semana a semana, él fue desgastándola. Una mirada, un brillo en los ojos, la forma de hablar… Hasta que, ya vulnerable, desplegó sobre ella toda su fuerza y magnetismo. Consiguió rendirla.

Se hizo ineludible cuando un día, después de haber pasado una semana en Zurich por asuntos de trabajo, él le comunicó que tenían que ir a un baile de gala. Bastante horrible fue notar que el pulso se le aceleraba cuando al llegar a la casa oyó su voz que daba instrucciones a alguien del servicio. Peor todavía fue cuando él salió del despacho, todavía vestido con el traje, y ella se quedó sin aliento al verlo. ¿Captó él su inconsciente reacción? Supo que sí. Él se le acercó, le preguntó cortésmente por su salud y le recordó la hora a la que tenían que marcharse.

El baile fue un calvario peor todavía. Tuvo que bailar un vals con Theo.

Llevaba un vestido de satén rojo, sin tirantes, que se le ceñía al torso y que le caía recto desde la cintura a los tobillos. En el cuello llevaba un collar de rubíes y diamantes y en las orejas unos pendientes también de rubíes y diamantes. El pelo se lo había recogido en un moño y se maquilló muy sutilmente.

Se acordaba perfectamente de que Theo entrecerró muy ligeramente los ojos al verla bajar las escaleras. Al acercarse a él, con un gesto impasible, vio con toda claridad el brillo en aquellos ojos negros.

—Muy británica —comentó él con el mismo brillo que la estremeció.

—¿Nos vamos? —replicó ella mientras se dirigía hacia la puerta.

La fuerza con que agarró el bolso de mano delató su nerviosismo.

Durante la primera parte de la celebración, consiguió mantener la serenidad. Aristides estaba allí y fue directamente hasta él cuando la voluptuosa Christina Poussos agarró descaradamente a Theo del brazo, se estrechó contra él y se lo llevó porque tenía que conocer a un empresario argentino muy influyente. Sin embargo, se alegró menos de la presencia de su tío cuando él, después de permitir que ella hablara durante quince minutos, le dijo con una mezcla de indulgencia y censura que fuera a rescatar a su marido antes de que Christina Poussos pensara que podía robárselo.

Vicky tuvo que hacer un esfuerzo para no decirle que Christina Poussos y cualquier otra podía disponer de él cuando quisieran. Fue hasta el grupo donde estaba Theo con el brazo todavía sujeto por el de ella. Los ojos de la mujer griega dejaron escapar un brillo perverso al verla. El argentino, sin embargo, la recibió de una forma bien distinta. Se calló a media frase para dedicarle un halago desmesurado mientras la miraba ardientemente. Christina tuvo que presentarla y ella notó que casi le rechinaban los dientes. Entonces, la orquesta empezó a tocar y a la mujer se le iluminaron los ojos.

–¡Por fin el baile! ¡Theo, ya sabes que me encanta bailar! –sonrió seductoramente a Theo antes de mirar al argentino–. Enrique, te ocuparás de Victoria, ¿verdad? Theo..

Ella volvió a sonreírle seductoramente y Vicky no supo cómo pasó lo que pasó. Seguramente fue con la misma destreza y naturalidad implacables que empleaba para todo, pero acto seguido Christina Poussos ya no estaba sujeta de su brazo y Theo la agarraba a ella de la mano.

–Creo que el primer baile le corresponde a mi mujer –dijo él en un tono engañosamente desenfadado.

La llevó a la enorme pista de baile y la orquesta tocó un vals. Todo sucedió tan espontáneamente que ella no pudo darse cuenta de sus intenciones, hasta que fue tarde.

La tomó entre sus brazos, apoyó la mano sobre su cintura con una delicadeza muy firme y sus dedos se entrelazaron con los de ella.

—Tienes que poner tu mano izquierda en mi hombro —susurró él.

Aturdida, obedeció y empezó a moverse cuando él la arrastró. El corazón se le salía del pecho. Al bailar, Vicky comprendió por qué hubo un tiempo en el que se consideraba que el vals era escandaloso. Estaban tan cerca… ¡Como no habían estado nunca! La mano que tenía en la cintura la estrechaba contra él, los dedos largos y fuertes agarraban los de ella y, lo peor de todo, sus muslos esbeltos y musculosos la rozaban al girar juntos. Lo miró con impotencia. Las caras estaban demasiado cerca. Podía ver las arrugas alrededor de su boca, el contorno inmutable de sus labios, el mentón liso y recién afeitado y, lo más devastador de todo, el brillo oscuro de sus ojos medio cubiertos por las tupidas pestañas.

Aun así, había algo más poderoso todavía. Algo con una potencia primitiva. El aroma de su virilidad. Tenía la mano izquierda apoyada en su hombro y, a través de la delicada tela de su chaqueta, podía notar la musculatura.

La música era obsesiva y rítmica, anticuada, pero fue entrando en lo más profundo de su cabeza mientras giraban por la pista de baile hasta que dejó de ver todo lo que no fuera la cara delgada y bronceada que la miraba. Se quedó con los ojos clavados en los de él, el único punto fijo de todo el mundo. Estaba sin respiración, flotaba en sus brazos. Seguía el sendero que él le había trazado, por el que la llevaba adonde quería que fuera.

A un mundo donde sólo él existiera para ella. Ella se entregó mientras la música se adueñaba de su cuerpo. Incapaz de hacer otra cosa.

Cuando la música cesó, después de una eternidad,

él la detuvo, pero su cabeza siguió dando vueltas y sólo pudo quedarse mirando a sus insondables ojos. Entonces supo, en lo más profundo de su ser, lo que le había pasado. Durante un momento interminable, se quedó parada mientras las demás parejas se alejaban entre risas y charlas. Se quedó temblando de pies a cabeza y lo miró con los labios separados.

Él la miró con aquellos ojos oscuros y peligrosos. Sonrió. Fue la sonrisa del depredador que había dado caza a su presa.

Ella no llegó a saber cómo había conseguido sobrellevar el resto de la velada. Sólo podía pensar en una cosa. Tenía que escapar. ¿Cuándo? ¿Cómo? ¿Con qué excusa?

Durante una charla ella comentó lo calurosa que era Atenas a finales de septiembre y Aristides le propuso que fuera a la isla que tenía Theo.

—Allí hará más fresco. Deberíais tomaros unas vacaciones —los miró con los ojos iluminados—. ¡Podríais iros mañana!

Vicky se puso muy tensa.

—Imposible —replicó Theo—. Desgraciadamente, no puedo ir hasta el fin de semana. Pero tú sí puedes ir. Yo me reuniré contigo el viernes por la noche.

Miró a Vicky con delicadeza, pero ella captó el brillo.

—Muy bien —susurró ella.

—¡Fantástico! —exclamó Aristides.

Vicky esbozó una sonrisa forzada. Iría a la isla, pero no estaría esperando a que Theo rematara la faena. Cuando llegara, ella se habría ido. No sabía adonde, pero no le importaba. Al aceptar ir a la isla privada de Theo, había conseguido el tiempo que necesitaba. Una vez allí podría hacer los preparativos.

Fue. Como una tonta. Creyó haber encontrado un refugio.

Theo, sin embargo, le desbarató los planes. Ella despegó después de comer, mientras Theo estaba en su oficina de Atenas. Cuando aterrizó en la isla, él ya estaba allí.

La isla olía a tomillo y soplaba una brisa que llegaba de un mar azul intenso. Era un sitio mágico, encantado. Con un encantamiento que le debilitaba la voluntad y le aplacaba los sentidos aunque también se los despertaba.

No supo cuándo llegó el momento de la claudicación, pero llegó. Fue un momento tan silencioso e imperceptible que no se dio cuenta. Mientras se dirigía hacia la villa de paredes blancas entre olivos y salpicada de buganvillas, notó que el corazón cobraba ánimos. Más allá del edificio blanco, pudo ver el mar azul añil que se fundía con un cielo despejado e infinito.

Notó que una extraña tranquilidad se apoderaba de ella, como la sensación de fin de viaje y entereza. El ruido de la puerta al abrirse hizo que se diera la vuelta.

Theo estaba en la entrada de la villa. Se quedó petrificada. Esperó la furia o el miedo, pero no llegaron.

Él alargó una mano hacia ella. No llevaba el traje de siempre. Tenía la camisa de manga corta desabotonada, el pecho bronceado, el pantalón se reducía a un traje de baño largo, iba descalzo y la brisa le revolvía el pelo. Notó que el deseo se adueñaba de ella. Fue algo más que deseo. No podía hacer nada más. Había luchado, se había resistido. Sin embargo, había acabado de aquella manera. Se acercó a él, la miró y la llevó dentro. Ya no podía hacer nada más que claudicar ante él. ¿Por qué se rindió a él? ¿Por qué se acostó con él? ¿Por qué le permitió que le hiciera todo lo que había evitado con todas sus fuerzas? Porque no tuvo fuerzas para seguir oponiéndose a él. Así de sencillo.

Supo que había vencido desde el momento en el que fue hacia él y desde ese momento estuvo perdida. Él, sin embargo, no dijo nada de eso y la saludó como si los dos hubieran concertado el encuentro.

–Vamos a la playa –dijo Theo antes de tomar la pequeña maleta y de llevarla al dormitorio.

Era una habitación de paredes blancas, suelo de piedra, una cama antigua, muebles de madera y persianas de lamas. No era una habitación propia de Theo Theakis, dueño de una empresa gigantesca y uno de los hombres más ricos de Grecia. No obstante, comprobó Vicky, parecía sentirse en su casa.

Como ella. Eso fue lo más raro de todo, cómo aceptó lo que había pasado y había dejado de luchar. Había permitido que él acabara dominándola, habían pasado un día en la playa, en el mar, al sol y a la sombra; había permitido que la isla ejerciera su hechizo cautivador en ella y al caer la noche comieron algo muy sencillo, preparado por ellos mismos, en la mesa de madera puesta debajo de los olivos y bebieron vino bajo un cielo tachonado de estrellas.

No recordaba de qué hablaron porque otra conversación los tenía absortos. Una conversación silenciosa formada por miradas. Hasta que Theo se levantó, la tomó de la mano y la llevó a la cama.

A la mañana siguiente, temprano, mientras él seguía dormido a su lado, se levantó, se vistió y llamó desde el móvil al helicóptero que la había llevado. Se marchó.

Capítulo 8

LOS RECUERDOS le atenazaban la garganta como una argolla de hierro. Miró al otro lado de la mesa y vio al hombre que iba a vengarse de ella porque, según él, se había ido de su cama para arrojarse a los brazos de otro hombre.

No supo que la habían fotografiado con Jem cuando él la recogió en el aeropuerto ni que la habían seguido cuando tomaron el vuelo juntos. No lo supo hasta que tres días más tarde, cuando comprendió que no podía posponerlo más tiempo, volvió a la mansión de Theo y él la despedazó con toda su furia y la expulsó del matrimonio.

No volvió a dirigirle la palabra ni a aceptar su existencia. Hasta ese momento, cuando había decidido que había llegado la hora de vengarse. Se le ensombrecieron los ojos. Vengarse por haber cometido el mayor delito posible para él: haber preferido a otro hombre. No podía ser otra cosa. Su matrimonio no había sido real, había sido una impostura, ¿cómo iba a hablarse de adulterio? Además, nadie vio esas fotos, sólo él.

¿Por qué iba a tener motivos para estar furioso? ¿Había sido por el dinero que le costó comprar las fotos al fotógrafo que había pensado que podría sacarle más dinero a él que a una revista? Él tenía tanto dinero que no sabía cómo gastarlo y ella no tenía la culpa de

que la prensa tuviera ese interés ridículo por su vida y
sus aventuras. Que no tuviera tantas si no quería que la
prensa lo persiguiera. Lo cierto era, se dijo con rabia,
que nadie iba a enterarse de la «aventura» que estaba
teniendo en ese momento con su ex esposa. Dio otro
sorbo de vino. Ojalá perdiera el sentido, ojalá pudiera
permanecer completamente impasible a lo que se le
avecinaba. Sin embargo, no podía. Sintió un vacío en
el estómago. Tenía que hacerlo. Para Theo sería venganza, pero para ella era algo muy distinto.

Lo miró con una fijeza premeditada y dejó la copa
en la mesa. Notó que el vino le corría por las venas
como una seda ardiente y le llegaba a cada célula del
cuerpo.

Miró alrededor. El comedor era fastuoso, como el
resto de la casa, que estaba decorada con un único objetivo: ser un sitio lujoso y discreto donde tener en-
cuentros sexuales en la más absoluta intimidad. Era un
sitio que había presenciado mucha actividad de ese
tipo… Se sintió abatida por un instante, pero se repuso
inmediatamente. Siguió mirando a todas partes, menos
al hombre que estaba al otro lado de la mesa.

Aun así, notó su presencia. Era imposible no hacerlo. Estaba estremecida, la sangre le bullía. Acabó
haciendo lo que había evitado hacer durante esa cena
interminable. Miró al hombre sediento de venganza.
Una venganza que ella no podía eludir.

Las miradas se encontraron. Fue palpable, físico.
Los ojos de él atraparon los de ella como si lo hubiera
hecho con las manos. Fue como si la hubiera capturado, se sintió como un pez en un anzuelo. Intentó sol-
tarse, pero él no cedió, fue ella la que fue cediendo al
sometimiento. Él captó ese instante de flaqueza. Vicky

lo notó porque relajó casi imperceptiblemente el gesto.
Él supo que no apartaría la mirada, que podía mantener los ojos de ella clavados en los de él, que podía transmitirle lentamente lo que quería. Vicky observó que empezaba a esbozar una leve sonrisa de satisfacción.

Se levantó. Sin apartar la mirada de la de él, tomó la copa y dio un último sorbo. Volvió a bajar lentamente la copa, pero no la soltó. Entonces, con un movimiento igual de lento, se dio la vuelta y fue hacia la puerta.

Notó que contoneaba las caderas y que el pelo le acariciaba el hombro desnudo. Notó que los ojos de él seguían cada paso que daba.

No se paró ni se dio la vuelta al llegar a la puerta. Un empleado se la abrió, pero ella ni siquiera se lo agradeció. En ese momento no existía nadie más. Sólo ella… y el hombre que en cualquier momento se levantaría y la seguiría.

Cruzó el vestíbulo y empezó a subir las escaleras. Seguía con la copa en la mano y se paró a medio camino. Ya no la necesitaba. Notaba su efecto como un velo sedoso en las venas. Cuando volvió a ponerse en marcha, sintió el vestido sobre el cuerpo, como una leve caricia sobre la piel. Sintió el cuerpo, el calor que se adueñaba de su piel mientras ascendía voluptuosamente. Se paró en lo alto de las escaleras y al cabo de un instante entró indolentemente en el dormitorio principal; el dormitorio de las amantes.

Al fin y al cabo, eso era lo que iba a ser: otra de las muchas amantes de Theo Theakis. Iba a disfrutar de una aventura sensual, sofisticada y completamente satisfactoria. Eso era lo que hacía una amante y puesto que iba a convertirse en una amante de Theo Theakis, tenía que hacer lo que una amante haría en esas circunstancias y ser lo que sería una amante. Sentir lo que sentiría una amante. Placer y nada más que placer. Un placer sensual y exquisito y, sobre todo, exento de cualquier sentimiento.

Una vez dentro del dormitorio, dejó la puerta abierta, fue a la cama, quitó la colcha y encendió una luz tenue. Luego, se quitó la sandalias y se tumbó en la cama lánguidamente, con un brazo estirado por encima de la cabeza, lo que le elevaba los pechos, y la otra mano sobre un muslo. Tenía las piernas ligeramente dobladas y el vestido ceñido y subido hasta medio muslo. También notaba la elevación de los pechos constreñidos por la tela sedosa que los cubría escasamente.

Se sentía dispuesta y voluptuosa. Y desconocida. Pero eso estaba muy bien, eso era indispensable.

Tenía que hacerlo, podía hacerlo… La letanía se desvaneció. Ya no la necesitaba. Sólo necesitaba su disposición y la voluptuosidad de su cuerpo inducidas por el vino.

Una sombra, una presencia en la puerta. Fue como una descarga eléctrica. Era él. Estaba acercándose. El paso firme, el gesto severo, los ojos oscuros, intensos, con un único objetivo.

Se quedó sin aliento y notó un estremecimiento por lo que reconoció, con deleite, como excitación sexual en estado puro. Esa sensación sustituyó al vino que corría por sus venas y se adueñó de su consciencia. Era lo único que importaba en ese momento, en ese momento sensual y voluptuoso. Ese momento que la saciaba, la poseía y la había cambiado.

Llegó hasta ella. Verlo con el traje gris cortado a la

medida de sus imponentes hombros, con la camisa
blanca e inmaculada sobre el pecho, sólo atravesada
por la discreta seda de la corbata, hizo que sintiera,
además de la excitación sexual más evidente, la turba-
ción de su poder.

La miró un rato y se sintió como lo que él veía,
como una mujer a su disposición; una mujer hermosa
que lo deseaba. Una amante.

Un resquicio latente de sí misma brotó en su cabeza, pero se disipó inmediatamente. Mantuvo la actitud sensual mientras él observaba pausadamente su
cuerpo. Se sentó junto a ella. Siguió contemplándola
un rato sin tocarla. No dijeron nada. No había nada que
decir. No se trataba de hablar, se trataba del fuego que
le recorría las venas y hacía de ella alguien completamente distinta. La mujer que él quería que fuera. Sería
esa mujer anhelante que le permitía acariciarle la cara,
como hacía en ese instante, y que le permitía que le pasara el pulgar por el labio. Ese contacto se diluyó en
ella, que no pudo evitar morderle levemente el pulgar
y lamerlo con lentitud. Vio un brillo muy profundo en
aquellos ojos inescrutables enmarcados por unas pestañas casi impenetrables. Volvió a morderlo suavemente.

El pulgar abandonó la boca y le recorrió el mentón
y el borde del cuello hasta detenerse en la cavidad de
la base para captar su pulso alterado. La mano siguió
su curso por la piel desnuda del escote hasta que con
un movimiento, lento y delicado, bajó el borde del vestido para poder deleitarse con sus pechos.

Notó una humedad ardiente entre los muslos. Se
quedó sin aliento, tumbada y con los pechos desnudos
mientras él se los recorría con la punta de los dedos.

No la miró, sólo miró sus pechos y ella notó que los pezones le crecían y se le endurecían como si tuvieran vida propia. El roce de sus uñas sobre ellos le derritió las entrañas. Por un instante, él siguió acariciándole los pechos, casi con curiosidad, como si quisiera comprobar el efecto de sus caricias. Ella cerró la mano ante la oleada de sensaciones.

No podía pensar, sólo podía sentir descargas de calor que descendían desde los pechos, le recorrían el abdomen y derretían más todavía la hendidura entre las piernas.

Separó los labios y dejó escapar un gemido.

Fue como una señal. Él, con súbita presteza, le pasó una mano por debajo del hombro y la giró antes de que ella supiera lo que estaba haciendo. Entonces, con un estremecimiento más intenso todavía, notó sus manos sobre la seda de la escueta falda. Levantó la tela y le recorrió los muslos hasta posar las manos encima del trasero.

No llevaba bragas. Sólo habrían servido para tener que quitárselas.

Él se quedó parado. No se había esperado que llevara tan poca ropa. Lo supo en lo más profundo de sí misma, donde el calor la derretía, y saberlo hizo que se sintiera más impúdica. Estaba con la mejilla contra la almohada, con las manos por encima de la cabeza y el borde del ceñido vestido en la cintura para que él pudiera ver la desnudez de su trasero. Sintió una oleada de excitación increíblemente erótica. Instintivamente, estiró la espalda y separó ligeramente los muslos.

—No te muevas —le ordenó Theo tajantemente.

Él se levantó y el colchón se elevó. Oyó el ruido de ropa que caía al suelo. Luego oyó que un cajón se

abría y volvía a cerrarse. Se hizo un silencio. No miró.
Sabía qué estaba haciendo. Se le aceleró el pulso. La
cama se hundió otra vez, pero el peso estaba distri-
buido de otra forma. Notó unos muslos fuertes y musculosos a cada lado de ella.

Estaba arrodillado encima de sus piernas, encima
de su cuerpo medio desnudo. Ella estrechó el vientre
contra el colchón por el arrebato de sensaciones eróti-
cas que le producía saber lo que él estaba viendo. Se
aferró a la almohada.

El anhelo se apoderó de ella; el anhelo y la necesidad. No le bastaba mostrarse. Quería mucho más. Volvió a estirar la espalda y levantó levemente el trasero
medio desnudo. Él aceptó la insinuación. Introdujo los
dedos debajo del vestido y los pulgares entre las nal-
gas. Los introdujo cada vez más, hasta alcanzar el va-
lle oculto entre los muslos.

Era insoportable, increíble, tan maravillosamente
excitante que levantó la cabeza y los hombros y curvó
la espalda.

Ella dejó escapar otro gemido y él, una risa de satisfacción.

Durante unos momentos interminables, él se recreó
con ella, hasta que, súbitamente, agarró la cremallera
de su vestido, la bajó, la sacó de la cama con un movimiento de su brazo alrededor de la cintura, le quitó el
vestido y lo dejó tirado en el suelo. Se encontró completamente desnuda.

Volvió a llevarla a la cama.

Lo miró a los ojos con el pelo sobre la cara y los labios separados. Tenía los pezones a punto de estallar y
las manos, inertes, junto a la cabeza.

Él se puso encima de ella, entrelazó los dedos con

los de ella, la retuvo exactamente donde quería estar, en el único sitio del universo donde quería estar en ese momento. Por un instante, fugaz y penetrante, se vio dominada por la incredulidad. Sin embargo, desapareció completamente, como una gota de agua fría sobre un hierro al rojo vivo. Era todo excitación abrasadora. Sólo existía ella, tumbada, anhelante, inmovilizada y esperando lo que quería inmediatamente, inmediatamente…

Clavó la mirada en sus ojos, lo desafió, lo provocó.

Tenía un cuerpo imponente, un pecho desnudo, musculoso, esbelto y en tensión; lo deseaba… Deseaba sentir su peso, sentir su fuerza, sentir el deseo incontenible por ella. Quería sentirse embestida una y otra vez por esa prominente dureza y no quería esperar ni un segundo más.

Arqueó la espalda y le agarró las manos con todas sus fuerzas. Tenía sus muslos sobre ella y cimbreó la cadera contra él.

—¿A qué esperas, Theo? —fue un susurro desafiante con los ojos clavados en los de él—. Querías esto, ¿no? Para esto he venido, ¿no? Para terminar lo que empezaste…

Volvió a elevar las caderas y a frotarse contra él con los pechos. La excitación, sin disimulo y apremiante, lo dominaba todo. Sólo anhelaba una cosa y lo anhelaba con todas sus fuerzas.

Se lo dio.

Lentamente, con un dominio de sí mismo provocador, descendió y entró en ella con un movimiento casi delicado.

Vicky jadeó, echó la cabeza hacia atrás y un torbellino de sensaciones se desató dentro de ella. Se estrechó contra él, contra la acometida, quería que la acometiera más, hasta lo más profundo de sus entrañas. Estaba abrasándose, necesitaba saciarse como un vampiro sediento de sangre.

Él siguió con las embestidas duras y ardientes y ella dejó escapar un grito agudo y penetrante. Estaba sudorosa y se movía convulsivamente al ritmo de las incesantes y poderosas acometidas. Estaba derritiéndose alrededor de él, como si estuviera convirtiéndose en otra cosa, en un metal fundido.

Vio que él tenía un gesto firme e intenso. Estaba absorto en su placer mientras entraba en ella con fuerza e insistencia. Con cada embate, el metal líquido y ardiente que era su cuerpo se acercaba cada vez más al momento que reclamaba entre jadeos. El momento que casi había llegado, que sentía cada vez que su dureza grandiosa entraba en la carne inflamada y alcanzaba ese punto del que había oído hablar pero nunca, nunca…

Sintió un placer tan intenso que no pudo creérselo. Emitió un sonido sobrenatural y cada célula de su cuerpo se convirtió en plata fundida. Él la agarró convulsivamente entre los brazos, la estrechó tanto contra sí que pudo notar los latidos desenfrenados de su corazón. Algo se apoderó de ella como una oleada, algo que no tenía nada que ver con el placer físico que la consumía. Algo que la elevó más allá de su cuerpo palpitante. Una sensación tan poderosa que hizo que se aferrara al cuerpo que tenía entre los brazos como si fuera el bien más preciado del universo.

¡No! Se exclamó con angustia. Theo no era preciado para ella; sólo era una pareja muy diestra sexualmente que estaba poniendo en práctica toda su pericia para que ella obtuviera el máximo placer de su cuerpo.

No era nada más que eso.

Arqueó la espalda con todas sus ganas y cimbreó las caderas una y otra vez para retener ese placer increíble. No quería perderlo. Lo quería con codicia, quería más, mucho más. Era esencial no perderlo, aferrarse a él, fundirse con él. Si empezaba a disiparse, si empezaba a decaer, sería…

Estaba disipándose. Estaba decayendo.

Se sintió dominada por él pánico. Elevó las caderas una y otra vez, pero no había nada, nada que entrara en ella, nada duro, nada que la saciara. Al asimilarlo, como un jarro de agua gélida, algo más se abrió paso en su cabeza, algo que no podía permitir que entrara. Sin embargo, entró arrastrado por esa agua heladora que llenaba sus venas en lugar del placer ávido y ardiente que la había colmado y que se había esfumado. Se quedó asolada, vacía de sensaciones. Vacía de todo excepto de una cosa.

Sabía qué había hecho.

Cerró los ojos instintivamente, inevitablemente. Como si al negarse a ver no hubiera nada que ver; nada que saber; nada que sentir.

Sin embargo, no podía eludir las sensaciones. Le dolía el cuerpo por haber superado su capacidad de sentir.

Él se apartó. También lo sintió, sintió que le había soltado las manos y que ella se había quedado abandonada, derrumbada. Mantuvo los ojos muy cerrados, tanto que le abrasaron bajo los párpados.

Tenía el cuerpo helado. ¿Qué había hecho? La pregunta era como un hierro candente.

Sin embargo, sabía la respuesta. Había hecho lo que sabía que tendría que hacer. Theo lo había llamado un asunto pendiente y tenía razón.

–Abre los ojos.

La orden perforó la capa de hielo que rodeaba su cuerpo. Abrió los ojos con un esfuerzo casi sobrehumano. Estaba mirándola y nunca le había visto unos ojos tan fríos.

–No vuelvas a utilizar tus artimañas conmigo. Al menos, si quieres el dinero. ¿Has entendido?

Theo se levantó, fue al cuarto de baño y cerró la puerta. Ella oyó el agua de la ducha correr y muy lentamente, se tapó con las sábanas.

Una losa, pesada y dolorosa, le inmovilizó los pulmones.

Theo agarró con fuerza el volante y apretó el acelerador. El coche salió disparado. Levantó gravilla con los neumáticos. Tomó el camino, abrió la verja con un mando a distancia y entró en una carretera tenuemente iluminada por la luna menguante.

Condujo deprisa, pero no tan deprisa como para sofocar los recuerdos, los recuerdos ardientes y palpitantes del sexo. Una sensación sombría se adueñó de él. ¿Un plato que se servía frío? ¡Había sido abrasador! Apretó los labios. Ella había intentado cambiar las tornas, manipularlo. Imponerse.

Se lo había permitido esa vez.

Esa vez, deliberadamente, conscientemente, había seguido su juego. Había permitido que lo sedujera, que marcara la pauta, para ver hasta dónde llegaría. ¡Vaya si lo comprobó! Tuvo que hacer un esfuerzo sobrehumano para salir de allí como lo hizo; para separarse de ella como lo hizo.

Sintió un escalofrío en la espalda. Su clímax no había salido como había pensado. Fue un espejismo. No notó el corazón de ella palpitar contra el suyo ni sus brazos lo estrecharon con todas sus fuerzas.

Esbozó una sonrisa dura y despectiva. Sólo había sido una artimaña de las muchas que había intentado durante toda la noche, había quedado en evidencia, como supo que era desde que vio aquellas malditas fotos.

Agarró con más fuerza el volante y apretó el acelerador en el camino de vuelta a Atenas.

Ya sabía cómo era. No tenía que saber nada más. Lo que sabía la sentenciaba. Esa noche sólo lo había confirmado. Victoria Fournatos era tan desvergonzada como adúltera y no merecía compasión. Volvería, todavía no había acabado con ella.

La próxima vez no perdería el dominio de sí mismo.

Volvió a la noche siguiente. Esa vez, ella llevaba un vestido distinto. Era rojo, atado el cuello y con una falda corta y vaporosa. No habían cenado juntos. Él había tenido una cena de trabajo y ella estaba esperándolo en la sala, con el aire acondicionado muy fuerte y viendo un noticiario en inglés.

Cuando entró, los ojos de ella se ensombrecieron al instante y se levantó. Estuvo distinta. No se exhibió; se quedó de pie sin mirarlo a los ojos, sin posar como lo había hecho la noche anterior.

Esa pasividad duró todo el encuentro. La llevó al dormitorio y le bajó la cremallera del vestido para quitárselo. Llevaba unas bragas muy pequeñas y etéreas que lo excitaron al instante. Se quitó la ropa y la tumbó en la cama.

Ella se quedó muy quieta mientras el se deleitaba con sus pechos. Sólo la reacción física de los pezones le dijeron que estaba excitada. Eso y los labios separados, la respiración entrecortada y la mirada velada de sus ojos.

Siguió acariciándola hasta que los pezones se pusieron duros y rojos como el coral. No dejó de observar la reacción de ella. Cuando consideró que estaba bastante excitada, fue bajando las manos. Estaba húmeda y palpitante. Introdujo un dedo y ella se mordió el labio inferior con la mirada perdida mientras se agarraba a las sábanas y dejaba escapar un gemido muy leve y de impotencia.

Se puso encima. Le separó los muslos y empezó a entrar muy poco a poco, con un dominio absoluto de sí mismo. Vio un destello en sus ojos y cuando entró por completo, notó que ella tenía las pupilas todo lo dilatadas que podían estar. Empezó a moverse lentamente, con destreza, con un ritmo constante, dominando el cuerpo de ella como dominaba el suyo.

Ella alcanzó el primer orgasmo y, antes de sosegarse, el segundo. Él observó la piel estremecida de ella y la respiración contenida. Notó que el corazón le palpitaba a toda velocidad y que los músculos más íntimos intentaban introducirlo más adentro. Entonces, le daba un respiro, el sudor perlaba su cuerpo y el pulso bajaba su ritmo. Hasta que, para terminar, volvió a arrastrarla al mismo torbellino de sensaciones que él. Hasta que, dominado esa vez por el placer, dejó de mirarla.

Cuando alcanzó el clímax, la abandonó inmediatamente. No podía soportar estar en la misma casa que ella y mucho menos en la misma cama.

Vicky se quedó tumbada mirando al techo. Se quedó con la mirada perdida y en la misma posición que tenía cuando él la dejó. Él se había ido hacía un buen rato, completamente vestido y sin siquiera mirarla. Al menos, le había ahorrado ese trance.

Estaba vengándose, pero para ella era algo completamente distinto. Era, exactamente, lo que él había ideado para ella: humillación.

Sintió un frío helador en las venas y un desaliento tan profundo que no supo de dónde había podido salir. ¡No era lo que ella había previsto! ¿Por qué había salido tan mal? Había estado segura de poder ser como tenía que ser para arrebatarle lo que necesitaba. Iba a cambiar las tornas, no iba a permitirle humillarla y vengarse de ella. Iba a ser el tipo de mujer que le gustaba; sofisticada en la cama, que disfrutaba de los placeres sensuales y que sólo quería sensaciones físicas con él. Iba a llevar las riendas.

Sin embargo, él se había salido con la suya, había comprobado su penoso intento de resistirse a él; de pagarle con su misma moneda. Ya sería imposible resistirse y pagarle con su misma moneda. Ya sólo podía intentar sobrevivir. Llegar hasta el final.

Sintió una punzada de miedo, como una puñalada en el vientre. ¿Cuándo llegaría ese final? Nunca le había preguntado hasta cuándo pensaba retenerla allí. Él no se lo habría dicho y ella sólo habría demostrado las ganas que tenía de acabar con ese suplicio. Le habría dado una satisfacción que no pensaba darle.

Sin embargo, ¿cuántas noches más tendría que pasar por eso? Volvió a agarrarse de las sábanas con todas sus fuerzas. Pasaría por eso tantas veces como fuera necesario. Hasta que él hubiese acabado con ella. Sólo entonces ella habría acabado con él. Al precio que fuera.

Él acudió noche tras noche. Durante el día, bajo el sol abrasador, ella era como un autómata. Se levantaba, desayunaba en la terraza, leía y nadaba en la playa de cantos rodados. Almorzaba, tomaba café y miraba el mar. Todos los días hacía lo mismo.

Por la noche, iba a su habitación y se preparaba para él. Theo la llevaba a su cama y le proporcionaba un placer físico tal que no podía soportar su recuerdo. Cuando terminaba, se marchaba y la dejaba sangrando por unas heridas que no podía restañar.

La séptima noche, salió del cuarto de baño, vestido con el traje oscuro, como siempre, y dejó un papel en la mesilla de noche.

—Tu dinero —dijo lacónicamente antes de marcharse.

Capítulo 9

VICKY se sentó en la cama con el papel en la mano. Era el dinero que necesitaba, el dinero que había ido a buscar a Grecia, el papel firmado por él y con todos los ceros.

Lo oyó bajar las escaleras y cerrar la puerta. Luego oyó el rugido de motor de su coche y el ruido de los neumáticos por el camino. Cuando no oyó nada más, dejó el cheque en la mesilla, se tumbó y se tapó. Tenía que dormir. Al día siguiente, la llevarían al aeropuerto, la montarían en un avión y la mandarían a Londres.

Tenía que pensar en el futuro, en ayudar a Jem a restaurar Pycott, en todo el trabajo que tenía por delante y en todas las cosas que tenía que conseguir. Tenía que pensar en los chicos y en las esperanzas que iba a brindarles. Tenía en pensar en eso y en nada más. Punto final. Una parte de su vida había acabado. El pasado quedaba atrás y sólo importaba el presente y el futuro.

Había ido allí a poner ese punto final, pero para ella no había llegado todavía.

Theo se había ocupado de eso con lo que le había hecho en la cama. En vez del punto final, algo le crecía por dentro, algo poderoso e imparable. Algo que se le filtraba por todo el cuerpo. Sabía muy bien qué era y qué iba a hacer al respecto.

A las ocho de la mañana estaba preparada para marcharse. Había conseguido dormir un poco y estaba muy tranquila. No le había temblado la mano al maquillarse. Cuando se miró en el espejo, pensó que tanto maquillaje no entonaba con la ropa tan deportiva que llevaba, pero no le importó porque no iba a llevarla más. No sería adecuada para lo que quería conseguir. Antes de bajar, volvió a comprobar su cartera. El cheque seguía allí. Se fijó en los trazos firmes y penetrantes de su firma. Por un instante, notó la misma sensación de la noche anterior, pero la sofocó inmediatamente. No era el momento.

Agarró la mochila y salió del cuarto. Una vez en el pasillo, la puerta cerrada del dormitorio principal permaneció impasible. Tan impasible como su expresión.

Se despidió del personal en el vestíbulo, pero no los miró a los ojos. No le gustaba comportarse así, pero sabía que tenía que hacerlo para conservar la cordura.

Salió y se montó en el coche que estaba esperándola. Sintió un estremecimiento que no supo a qué atribuir. Miró a la casa.

Estaba de moda llamarlas un nido de amor, pero lo que había pasado esa semana no tenía nada que ver con el amor.

–Voy a Atenas –le dijo al conductor.

Él asintió con la cabeza.

Fue muy raro volver a Atenas, volver a encontrarse metida en un atasco detrás de otro y volver a ver la silueta de la Acrópolis. Notó una reacción, un sentimiento que le corría por las venas. Lo reprimió porque no podía permitirse hacer otra cosa. Además, era un sentimiento que no le convenía. Sólo había un sentimiento adecuado para ese momento.

La primera escala fue en el banco. Antes de casarse había abierto una cuenta para que le transfirieran dinero desde su banco de Londres. Le dio igual que su tío la hubiera financiado todo y que, como señora de Theakis, hubiera tenido su propia cuenta en el banco de él. Sólo se fiaba de su banco y de su cuenta a su nombre.

Tardó muy poco en ingresar el cheque que le había dado Theo, pero ingresarlo no le proporcionó el punto final que necesitaba. Supo que no lo haría. Necesitaba mucho más.

Para conseguirlo necesitaría una vestimenta a tono con el maquillaje y el peinado. Le pidió al conductor que la llevara a la tienda de uno de sus modistas favoritos cuando era la señora Theakis. La vendedora era nueva y Vicky se alegró, pero no se quitó las gafas de sol. Tampoco lo pensó mucho y a los quince minutos estaba saliendo con un traje de corte clásico color verde, un bolso blanco y unas sandalias a juego. Sonrió al ver su reflejo. La señora Theakis había vuelto a la ciudad y quería mucho más que el dinero que era suyo. Le había llegado el turno de vengarse e iba a cerciorarse de que alcanzaría a Theo donde más le doliera. En su monumental vanidad sexual masculina.

Una vez en el coche, llamó a su oficina. Le contestó una voz conocida, la de Demetrious, su asistente.

—Soy la señora Theakis. Páseme con Theo, por favor.

Se hizo un silencio muy breve.

—Un momento, por favor, señora Theakis.

La voz del asistente fue tan impersonal como lo había sido durante el vuelo.

–Señora Theakis –volvió a decirle él–, lo siento. El señor Theakis está ocupado.

El tono fue muy delicado, casi de disculpa, pero Vicky supo que sería inútil insistir. Esa vez no iba a repetir lo que hizo una vez en las oficinas de Londres; esa vez ella tenía la sartén por el mango.

–Qué pena –replicó ella–. Dígale que voy a comer en Santiano, por si quiere acompañarme. Estoy en el coche, puede llamarme aquí. Muchas gracias.

Colgó y se dejó caer contra el respaldo del asiento mientras el coche intentaba abrirse paso por las calles atascadas. Santiano era el centro del cotilleo de Atenas. Allí iba todo el que quería ser visto por periodistas y paparazzi. Si la señora Theakis se presentaba allí, todas las lenguas empezarían a ponerse en marcha. Aunque no tuvieran la más mínima prueba, los columnistas empezarían a hacer conjeturas sobre si iba a volver con Theo. Sintió una punzada. Si Theo desafiaba su amenaza, Aristides se enteraría de que ella estaba en Atenas. No quería hacerle más daño del que ya le había hecho… Pero había sido culpa de Theo. No había tenido la necesidad de contarle por qué iba a divorciarse. No había tenido la necesidad de hablarle de esas fotos acusadoras. Los dos habían acordado decirle a su tío que el matrimonio no había salido bien y que iban a separarse amigablemente. Amigablemente… Sintió un vacío en el estómago.

Se sintió dominada por la furia.

Todo era culpa de Theo. Ella no había pedido nada de eso ni se lo había merecido. Aunque hubiera…

Sonó el teléfono del coche. Lo dejó sonar y el vacío del estómago se le agrandó. Descolgó.

–Dígame…

–¿Señora Theakis? –era Demetrious–. El señor Theakis le propone comer con él en su piso. ¿Le parece bien?

Vicky soltó un grito triunfal para sus adentros.

–Me parece una idea estupenda –contestó ella muy lentamente–. Llegaré lo antes que pueda. Estamos en…

Miró alrededor y le dijo el nombre de la calle.

Tardó un buen rato en llegar al edificio de las oficinas de Theakis. A Vicky se le agolparon los recuerdos. Había estado muy pocas veces allí durante su matrimonio y sólo recordaba haber estado un par de veces en el piso que tenía en la última planta. Aun así, le parecía raro, desconcertante incluso, entrar en el edificio. Estar en Atenas era raro y desconcertante.

Apretó los labios. El matrimonio de conveniencia había funcionado muy bien. ¿Por qué lo estropeó todo Theo? Vanidad. Por eso. Su descomunal vanidad sexual que le había hecho creer que ella también lo desearía con toda su alma…

Los recuerdos la invadieron. No los recuerdos del funesto matrimonio, sino los recuerdos de la noche anterior y de la anterior a ésa.

Notó que el cuerpo le abrasaba al recordar lo que había hecho hacía unas horas arrastrada por el tumulto de un deseo desbordado… Se le endurecieron los pezones y se le aceleraron las palpitaciones entre las piernas. Hizo un esfuerzo titánico para reprimir esa reacción. Sería nefasto. Aunque fríamente, a la luz del día, podía explicarse perfectamente por qué había satisfecho la perversa exigencia de Theo de que fuera a su cama, sería nefasto que recordara lo que había hecho. Sólo tenía que recordar que él no volvería a tocarla, que su cuerpo no volvería a moverse encima del de ella. Jamás.

Sólo tenía que recordar que estaba a salvo de él porque tenía lo que quería de él. Todo excepto una cosa. Una cosa muy profunda. Tomó aliento. No debía temer lo que quería de Theo. Quería volver a ser ella misma, quería recuperarse de lo que le había hecho.

Levantó la barbilla, agarró el bolso y se bajó del coche.

Aquella vez, al contrario de lo que pasó en Londres, la llevaron directamente a su despacho. Al entrar, Demetrious fue a saludarla. Él ni siquiera parpadeó al verla vestida como la «señora Theakis» y no con ropa barata de grandes almacenes.

Cuando pasó al despacho personal de Theo y las grandes puertas correderas se cerraron a su espalda, tuvo la sensación de haber pasado por eso. Fue lo mismo que pasó el día que su tío le comunicó la noticia: que un hombre, al que casi no conocía pero que la había alterado desde el primer momento que lo vio, le había pedido su mano.

Ella había ido allí a pedirle una explicación por tan ridícula pretensión.

Se fijó en el hombre que estaba levantándose como lo hizo aquel funesto día. ¿Cómo consiguió convencerla de que se casara con él? Lo consiguió y no había nada más que pensar. Le había hecho la cama y no en el sentido metafórico de la expresión. La cama, el sexo, Theo…

Eso fue lo que falló en su desastroso matrimonio. Todo fue culpa de Theo. Si la hubiera dejado en paz…

Sin embargo, no lo hizo. Por eso él fue el culpable

de todo ese asunto espantoso y miserable, sin la más mínima duda.

El sentimiento que se le despertó cuando él dejó el cheque junto a su cuerpo desnudo volvió a adueñarse de ella como una oleada sombría. Levantó la barbilla. Theo estaba de pie, con el rostro tenso y la mirada gélida rebosante de ira.

–¿A qué estás jugando? –le preguntó con un tono que la atravesó como un cuchillo.

Por un instante muy fugaz, Vicky tuvo una sensación desconocida. Se aferró a ella para defenderse de la hostilidad de su voz. Fue el mismo tono que empleó cuando ella volvió a casa de él después de haber estado con Jem y le había arrojado las fotos de los paparazzi a la cara. Entonces, se había quedado con un nudo en la garganta. ¿Por qué estaba tan furioso? Casi había sentido dolor. Sin embargo, el dolor no sirvió de nada. Sólo la había dejado indefensa. Tuvo que aguantar que Theo la despedazara. Él rechazó todos los intentos de justificarse incluso antes de que pudiera exponerlos. Theo no la escuchó, se limitó a atacarla sin piedad. Luego, la expulsó y se desquitó negándole el dinero que le había prometido.

Más tarde, se vengó con todas sus ganas…

Su puso muy rígida. Cuando Theo le expuso su repugnante pretensión en Londres, ella sólo pensó en cómo podría defenderse de esa venganza. Sin embargo, no se lo permitió. Consiguió exactamente lo que se había propuesto: su humillación sometida a sus diestras manos. Sin compasión ni escapatoria.

Vicky endureció la mirada. Era el momento de su pequeña venganza e iba a disfrutar devolviéndole todo lo que él le había hecho pasar noche tras noche.

Se acercó a él. Las sandalias de tacón alto resaltaban el contoneo de las caderas y la delicada tela del traje flotaba alrededor de su cuerpo. Tenía el pelo peinado y recogido encima de los hombros. Se sentía exactamente como quería: elegante y sofisticada.

Vio el destello en las pupilas de Theo y recuperó toda la confianza. Una confianza acompañada de algo más, pero eso no era importante en ese momento. Arqueó una ceja.

—¿Por qué lo preguntas? He venido porque me has invitado. ¿No te acuerdas? Aquí, en tu ático.

La miró inexpresivamente. Todas las emociones se habían esfumado de su rostro. Era una superficie lisa e insondable. Ella conocía muy bien esa cara. Había que tener cuidado con esa cara, pero no iba a detenerla. Esa vez no iba a intimidarla. Al fin y al cabo, tenía una información que iba a ser un trago amargo para Theo. Sin embargo, iba a tragárselo y no iba a poder evitarlo.

Se quedó con una expresión tan impasible como la de él.

Theo rodeó la mesa. Ella no dejó de mirarlo. Para ser tan alto, era grácil. Grácil como un tigre que se acercaba a su presa.

Ella, instintivamente, se puso en tensión, pero hizo un esfuerzo por relajar los músculos. Ya no era la presa de Theo y no volvería a serlo jamás. Se mantuvo firme. Lo conseguiría y ganaría. Ganaría el último encuentro.

—Bueno… Entonces, vamos al ático. Seguro que Demetrious nos ha preparado algo de comer. ¿Vamos?

La acompañó al ascensor privado y Vicky sintió cierta claustrofobia cuando las puertas se cerraron. No le daban miedo los ascensores, pero tuvo la sensación de que Theo estaba más cerca de lo que quería volver a tenerlo.

Las puertas se abrieron y ella salió precipitadamente a su piso. Quizá, demasiado precipitadamente. Quizá se hubiera delatado. Avanzó con el mismo aire de confianza con el que entró en su despacho y fue directamente hasta la ventana. Se podía ver el Partenón y pensó que debería visitarlo antes de volver a Londres. Era una buena época para estar en Atenas, mucho más fresca que aquel verano tórrido de su matrimonio. Podría quedarse unos días en el hotel y volver a visitar los monumentos. Nadie sabría quién era y nunca volvería allí. Sintió un arrebato de tristeza y algo más intenso. Era otro motivo de reproche a Theo. No era sólo lo que le había hecho a ella y a su relación con su único pariente por parte de padre, sino que la había apartado de su herencia griega.

Se dio la vuelta para no seguir mirando esa ciudad que amaba.

−¿Quieres beber algo?

Theo estaba dirigiéndose al mueble bar. Al otro lado de la puerta corredera, Vicky pudo ver unos empleados que ponían la mesa del comedor. No era la primera vez que comía allí. Alguna vez recibió a conocidos del trabajo que fueron con sus mujeres y la necesitó para que charlara con ellas mientras los hombres hablaban de negocios.

¿Llevaría allí a sus otras mujeres? La idea se le presentó en la cabeza antes de que pudiera evitarlo. Sería un sitio muy adecuado. El ascensor bajaba directamente al aparcamiento y las «invitadas» podían entrar y salir sin pasar por las oficinas.

Echó una ojeada alrededor. La decoración era completamente distinta que la del «nido de amor» de la costa. Era sobria, masculina, funcional y minimalista. Cualquier mujer que fuera allí tendría que aceptar que era el territorio de alguien que no hacía concesiones a la sensibilidad femenina. Ella, desde luego, no iba a prodigarse en sensibilidad femenina. Iba a por todas. Quería vapulear a Theo en el único punto donde era vulnerable. Su vanidad.

La verdad era que en ese momento no parecía en absoluto vulnerable. Tenía un aire de poder con tan pocas fisuras como su impecable traje hecho a medida. Lo miró y tuvo ganas de protestar. ¡No era justo! Parecía tan imponente que incluso en ese momento, cuando ella se sentía con todas sus fuerzas, podía notar que se debilitaba sólo por mirarlo. Por no decir nada de los recuerdos que…

–Agua mineral, gracias –contestó ella lacónicamente para pensar en otra cosa.

–¿Con o sin gas?

Captó el tono burlón, pero mantendría la misma frialdad que él aunque le fuera la vida en ello.

–Sin gas.

Le daba igual con tal de que no tuviera alcohol. Tenía que mantener el dominio de sí misma.

Él sirvió un vaso, le añadió hielo y se lo entregó inexpresivamente. Aunque ella supo que algo bullía detrás de la careta. Eso también le daba igual. Podía pensar lo que quisiera, ya no era de su incumbencia.

–*Yassoo* –brindó ella mientras levantaba el vaso.

Él no respondió, se limitó a dar un sorbo lento sin dejar de mirarla a los ojos.

Notó algo entre ellos. Algo como unos rastrojos ardiendo. El mundo se paró alrededor de ella. Sintió un terror absoluto. Más que terror… Peor que el terror…

–El almuerzo está servido.

La voz que llegó desde la puerta del comedor hizo que el mundo volviera a girar. Agarró el vaso con fuerza y se dirigió hacia la habitación contigua. Consiguió recuperar el dominio de sí misma.

–Almuerzo algo muy ligero –le explicó Theo mientras señalaba las ensaladas que había en la mesa–. Naturalmente, si prefieres algo más consistente, sólo tienes que pedirlo.

Ella negó con la cabeza. Un empleado estaba preparando la bandeja para el café y dejó la cafetera sobre una fuente caliente. Se dirigió a su jefe en griego para preguntarle si deseaba algo más, Theo le dio las gracias y se quedaron solos.

Vicky empezó a elegir entre los recipientes con ensalada. No tenía hambre. Tenía un nudo en el estómago. Miró de soslayo a Theo mientras él hacía lo mismo con los movimientos delicados y eficaces de siempre. Pensó que sería la última vez que lo mirara… Pareció como si el mundo volviera a pararse. Ella hizo un esfuerzo para que girara otra vez.

–¿A qué viene esta pantomima, Vicky?

Se lo preguntó con un tono de indiferencia. Ella se puso muy recta, tomó un poco de ensalada y la masticó para demorar la respuesta.

–¿Y bien?

Theo insistió con más aspereza. Le molestaba que no le contestaran inmediatamente.

Ella, provocadoramente, dio un sorbo de agua y tomó un poco más de comida.

–Quería darte las gracias por el dinero –contestó ella con un tono afable.

Él entrecerró los ojos levísimamente.

–Ha sido un placer –replicó él–. Un placer considerable. Como el tuyo, claro.

Fue como una puñalada que ella no había esperado. Él la miró fijamente al hablar y fue como una caricia lenta y sensual. Vicky notó las mejillas al rojo vivo. ¡Era un canalla! Estaba haciéndolo deliberadamente. No podía reaccionar.

Lo miró sin inmutarse. Le costó, pero lo consiguió.

–Ya he ingresado el cheque en mi banco. He pasado por ahí cuando venía. Había conservado la cuenta que abrí antes de casarnos. Así es más fácil ingresar un cheque en euros. Supongo que saldré perdiendo por el tipo de cambio, pero como es una cantidad tan elevada, la pérdida no será tan apreciable –hizo una pausa para comer algo de ensalada–. Aunque tengo que estirarlo mucho. Se necesita mucho trabajo para que la casa que heredó Jem vuelva a ser habitable. Sin embargo, es una oportunidad única y los dos estamos muy ilusionados. ¡Vamos a empezar de cero! Nos mudaremos en verano. ¿Te había comentado que está en Devonshire? Creo que es una casa victoriana. Muy apropiada para mi nombre. ¿No te parece? –dejó escapar una risita y dio un sorbo de agua–. Aunque tenemos que hacer muchas cosas. Tejado, instalación eléctrica… todas esas cosas tan aburridas. Luego, llegará la parte más divertida: la decoración. Aun así, nos tendrá muy ocupados… y juntos, que es lo mejor de todo. Siempre echo de menos a Jem cuando no está cerca. Nos conocemos desde hace mucho tiempo y hemos pasado por muchas cosas juntos. Buenas y malas.

Vicky tenía los ojos como diamantes. Resplandecientes y duros. Sin embargo, miraba a Theo con franqueza y transparencia. Todo lo que decía era la verdad y nada más que la verdad. Theo estaba inmóvil y con el rostro como una máscara. Se llevó el vaso a los labios y volvió a dejarlo en la mesa con un gesto muy controlado.

—Eres muy afortunada. No todas las mujeres pueden presumir de tener un novio dispuesto a prostituirlas para conseguir dinero —comentó él sin parpadear—. No irás a decirme que no vas a contarle que has conseguido el dinero porque te has acostado conmigo...

Ella se levantó, tiró la silla y tuvo que agarrarse al borde de la mesa.

—¿Será un secreto entre nosotros...? —siguió él con la misma inexpresividad en los ojos—. Me parecen muchos secretos. Cómo te gusta que te acaricie los pechos, cómo te abandonas a mí, cómo gritas cuando tienes un orgasmo, cómo...

—¡Malnacido! —exclamó ella con toda la fuerza de sus pulmones.

Él siguió con los ojos clavados en ella, pero con un brillo muy sombrío.

—Cómo gritas mi nombre en el clímax. ¿Vas a contárselo o también será un secreto entre nosotros?

—¡Cállate! ¡Canalla despreciable!

—¿No? ¿No vas a entrar en tantos detalles? —siguió él sin inmutarse—. ¿Ni siquiera vas a contarle que me vendiste tu cuerpo?

Vicky dio un puñetazo en la mesa. Sintió un dolor muy intenso en el brazo, pero no era nada comparado con el torbellino que sentía por dentro.

–¡El dinero era mío! ¡Mío! ¡No tenías derecho a quedártelo! ¡No tenías derecho a hacerme lo que me hiciste! ¡No tengo que avergonzarme de nada! ¡Tú deberías tener vergüenza! Tú que…

Theo se levantó con en rostro desencajado.

–¡Perra descarada! Cometiste adulterio sin el más mínimo remordimiento ni vergüenza.

Ella retrocedió. El corazón le latía desbocado por la ira.

–Así sois los ricos… –susurró con un hilo de voz mientras temblaba como tembló aquella vez–. ¿Yo cometí adulterio? Cada día que pasé aquí hubo alguna mujer que se encargó de recordarme que había tenido una aventura contigo.

–¡Tiempo pasado! ¡Nunca toqué a una mujer mientras estuviste aquí!

Ella se quedó boquiabierta y lo miró fijamente.

–¿Por qué? –le preguntó.

Se hizo un silencio interminable. Un silencio que podía cortarse con un cuchillo. Él relajó la expresión.

–¿Por qué? –repitió él–. Porque… estaba casado.

Ella frunció el ceño y lo miró sin poder entenderlo.

–No fue un verdadero matrimonio. Fue una farsa de principio a fin –tomó aliento–. ¿Estás diciéndome que no seguiste con ninguna de esas mujeres? ¡Tuviste que hacerlo! Es ridículo pensar otra cosa.

–¿Realmente lo pensaste? –Theo tenía los ojos clavados en ella.

–¡Claro que sí! ¡No estábamos casados de verdad! ¡Sólo lo estábamos ante los demás! Alguien como tú habría seguido teniendo relaciones sexuales.

–Al contrario que tú –Theo apretó los labios–, no me presto al adulterio.

–¡No se trataba de un adulterio! –Vicky había sentido una bofetada por dentro–. El adulterio no tiene nada que ver.

–Ahórrame tu punto de vista moral –replicó él con desprecio–. No intentes justificar tu comportamiento con el fundamento de nuestro matrimonio y mucho menos intentes decir que no fuiste peor que yo. Tú cometiste adulterio y yo no.

Estaba aturdida. Theo no había seguido con sus aventuras mientras estuvo casado. Era increíble, pero… Entendió que la sedujera. No quería seguir con la abstinencia. La había utilizado premeditada e insensiblemente. La había utilizado para aliviarse sexualmente.

Sintió una ira como no había sentido hasta ese momento.

–Eres un malnacido –le dijo muy lentamente.

–¿Por decirte lo que eres? –sus ojos soltaron un destello–. ¿Por decirte que no tienes ni vergüenza ni remordimientos? ¿Por haber avergonzado a tu tío?

–¡Tú fuiste el culpable de eso! No había ninguna necesidad de explicarle por qué había terminado nuestro matrimonio.

–Hice todo lo posible por no decírselo. Al contrario que tú, quise ahorrarle el sufrimiento. Pero él insistió en saber por qué te habías marchado a Inglaterra y tuve que decirle la verdad. Tuve que decirle que había sido por otro hombre –la atravesó con la mirada–. Quizá en Londres, en los círculos sofisticados y tolerantes, el adulterio no signifique nada, pero aquí es distinto. Tu comportamiento hizo mucho daño a tu tío. Algo que todavía no afecta a tu conciencia.

–¡Tengo la conciencia tranquila! –replicó ella con vehemencia.

–Qué acomodaticia. Pasaste de mi cama a la suya en cuestión de horas. Te acostaste conmigo y con él antes de que se pusiera el sol –sus palabras eran como latigazos–. Luego, cuando te entró la avaricia por el dinero que creías que te correspondía, volviste arrastrándote hasta mí. Me has vendido tu cuerpo por dinero y ahora vienes a contarme que vas a dárselo a ese novio tan maravilloso y que no te parece necesario decirle cómo lo has conseguido. Qué conciencia tan acomodaticia.

Él había empezado a acercarse a ella. Le había hablado con un tono suave, pero a ella se le había clavado como un alambre de espinos. En medio del espantoso tumulto de sensaciones, Vicky pudo notar, repentinamente, que el pulso se le había acelerado y la adrenalina disparado. El miedo se adueñó de ella. Retrocedió. Era fundamental que retrocediera. La miraba con los ojos oscuros y brillantes. Notó un vacío en el estómago.

–Me pregunto hasta dónde se estirará esa conciencia tan flexible que tienes.

Estaba muy cerca. Ella retrocedió hasta darse con la pared. Él se acercó más.

–¡No te acerques! –exclamó Vicky llevada por el miedo.

Él no se paró. Tenía los ojos clavados en los de ella y la había inmovilizado.

–¿Que no me acerque a ti? –le preguntó con una delicadeza diabólica–. No es lo que quieres, ¿verdad, Vicky? Al contrario, es precisamente lo que quieres. Lo que quisiste todas las noches de la semana pasada, una y otra vez. No te cansabas…

Alargó la mano y le soltó el pelo. Ella se estremeció

y le tembló todo el cuerpo. Le tomó la cara con una mano y le pasó el pulgar por el pómulo. Vicky lo notó en todo el cuerpo. ¡No podía permitírselo!

Quiso huir, echarse a correr, pero no pudo. Estaba paralizada entre la pared y la figura que tenía delante.

—Es lo que quieres —repitió él mientras le acariciaba la nuca con la otra mano.

Se sintió débil, a punto de desfallecer. Él la acarició con la mirada.

—Es lo que quieres y sabes que puedes conseguirlo, ¿verdad? Ni siquiera tienes que explicarte que es para conseguir el dinero que te corresponde. Además, tampoco tendrás que contárselo a tu novio gracias a esa conciencia tan amoldable que tienes, esa conciencia que te permite esto…

La besó lentamente en la boca, con indolencia, sin escrúpulos. Ella notó que las piernas le flaqueaban. Él le sujetó la nuca con fuerza y le separó los labios.

No podía resistirse, sólo podía dejarse llevar por las sensaciones que la dominaban.

Theo apartó la boca y la miró con los ojos como dos ascuas que la abrasaban.

—¿Quieres más? Te complaceré…

La tomó en brazos. Se dejó llevar, se aferró a él. Le dio igual. No podía importarle. Sólo pudo elevar la boca para que él la tomara ávidamente con la lengua mientras la llevaba a la sala. Ni siquiera la llevó al dormitorio o a la cama. La dejó en el sofá y se quitó la chaqueta, la corbata y la camisa. Volvió a ocuparse de ella, le bajó la cremallera del vestido y se lo quitó en un abrir y cerrar de ojos. La sangre le bullía en las venas y el anhelo le rebosaba por los ojos y la boca. Lo deseaba. Deseaba su cuerpo duro y delgado sobre el de ella. La excitación la devoraba como un fuego devastador.

Aquello no era un encuentro lento. La necesidad la apremiaba, como si en el fondo supiera que estaba haciendo algo tan estúpido que nunca podría perdonárselo. Pero no podía parar. Él le succionó los pezones duros y sensibles y ella le estrechó la cabeza contra su cuerpo con los muslos pegados a los de él. Estaba duro, tan duro que notó una oleada de excitación primitiva. Se cimbreó contra él con ansia. Lo anhelaba en ese instante. Levantó las caderas y le acarició la espalda desnuda. Seguía vestido a medias, pero no le importaba, sólo quería lo que estaba posponiendo...

Introdujo una mano por debajo de la cinturilla y con la otra lo desabrochó, lo liberó... encontró toda su fuerza entre las manos, toda esa potencia. Contuvo un jadeo y volvió a elevar las caderas mientras él le lamía los pezones y le proporcionaba unas descargas de placer que pensó que podrían matarla. Sin embargo, necesitaba más, lo necesitaba todo.

–Theo... ya... ya...

Lo dijo con desesperación. Él levantó la cabeza y clavó los ojos en los de ella como dos puñales.

–¡Theo! –jadeó mientras separaba las piernas.

Él entró y ella dejó escapar un jadeo de placer al sentirse plena. La oleada de sensaciones la arrastró como un fuego asolador. Lo agarró de la espalda para estrecharlo con todas sus fuerzas.

Él la besó en la boca, la devoró y ella le correspondió con la misma voracidad. Entró en ella una y otra vez y cada vez era como un martillazo de placer. Cada embestida hacía que la zona más sensible de sus entrañas estallara de gozo. Más y más, cada vez más, más con cada sacudida…

–Theo…

Su voz fue un gemido, un jadeo de incredulidad. El placer que sentía era como un calor al rojo vivo que llegaba hasta la última célula de su cuerpo.

–Theo…

Intentó tomar aire, oxígeno, pero sólo avivó las llamas con otra oleada de placer más intenso. Tenía todos los músculos en una tensión tan extrema que parecía amplificar lo que estaba pasándole.

Dejó escapar otro jadeo.

Él estaba vaciándose. Podía notar que la llenaba, que la colmaba, que se estremecía dentro de ella. Tenía las manos apoyadas en sus hombros, el torso levantado y la cabeza colgando de sus poderosos hombros.

Se aferró a él como un náufrago a una tabla, se aferró a él mientras se convulsionaba dentro de ella y mientras ella se apretaba contra él.

El momento se prolongó y se prolongó hasta que, al borde de la extenuación, se extinguió.

Ella se quedó en una orilla que le dejaba muy claro lo que acababa de hacer.

Su peso, inerte, cayó sobre ella. Apoyó la cabeza en su hombro y Vicky pudo notar el calor de su respiración entrecortada sobre su piel húmeda. Estaba agotada, como si hubiera corrido diez kilómetros. Notó su cara contra la de ella. Notó que a él se le enfriaba la piel. Notó que se quedó helada.

Theo levantó la cabeza y la miró a los ojos. Por un instante, captó algo en ellos, pero se desvaneció inmediatamente. Sólo quedó un brillo muy oscuro. Le apartó el pelo de la frente empapada, ella se estremeció con el gesto, y él siguió mirándola fijamente a los ojos.

—¿Vas a contarle esto a tu desventurado amado? ¿Vas a contarle que gritabas mi nombre mientras te tomaba? ¿Vas a contarle que esta vez ni siquiera lo has hecho por dinero? —remató con un tono que la atravesó como una lanza.

Se levantó y se colocó bien los pantalones, agarró la camisa del brazo del sofá y se la puso. Luego, fue a una mesilla y descolgó el teléfono. Habló en griego, tan deprisa que no lo entendió, pero cuando se volvió hacia ella, todo quedó claro.

—Habrá un coche esperándote en al aparcamiento. El vuelo estará preparado para cuando llegues al aeropuerto. Te recomiendo que te arregles en el cuarto de baño de invitados. Espero que me perdones si me despido en este momento.

Se acercó a ella y levantó su cuerpo desnudo. Ella estuvo a punto de desmoronarse, pero él la agarró de los costados y le clavó los dedos en las costillas. La miró un momento. El pelo le caía desordenadamente sobre los hombros, tenía los ojos desorbitados y los labios inflamados por la voracidad de él.

Los ojos de él expresaban una extraña indiferencia y su cara era como una careta.

—Tan hermosa por fuera y, sin embargo, tan engañosa…

La soltó y se fue al dormitorio principal.

Ella, como un zombi, recogió su ropa y buscó el dormitorio de invitados con su cuarto de baño. Al cabo de un rato, cuando se cercioró de que el piso estaba vacío, bajó al aparcamiento y se montó en el coche. La llevó al aeropuerto donde se encontró con un billete en primera clase con destino a Londres.

Quería morirse.

Dos días más tarde, llamó a su banco para comprobar si le había transferido el dinero desde Grecia y le comunicaron que el firmante había bloqueado el cheque.

Theo había vuelto a vengarse de ella.

Capítulo 10

LAS COSAS no iban bien para Theo. Sus negocios iban viento en popa, como siempre. Su inversión en la empresa de Aristides Fournatos estaba reportándole pingües beneficios y los dos había constituido una sociedad para devolverle la jugada a la empresa que había intentado hacerse con la de Aristides. Estaban a punto de quedársela, pero Theo se negaba a que los consejeros de esa empresa se beneficiaran económicamente de la operación. No le gustaba que alguien sacara un provecho que no se merecía por su vileza. Ya fueran unos especuladores sin escrúpulos o una mujer adúltera.

Sin embargo, no podía seguir pensando en eso. Sólo podía pensar en que todo estaba resuelto con ella. Zanjado definitivamente. Lo último que hizo para librarse de ella fue bloquear el cheque.

En ese momento sabía que lo que hizo fue un error. La había mantenido al margen durante dos años y debió haber seguido así. Lo supo, pero por algún motivo disparatado no pudo contenerse cuando ella lo asedió en Londres. Fue un error garrafal.

Aunque, bien pensado, el desastroso matrimonio también fue un error.

No podía seguir dándole vueltas a eso. Tenía que dejarlo a un lado. Bastante tenía con vivir en la misma ciudad que Aristides y con tener que mirarlo todos los días a los ojos y constatar que él sabía la espantosa verdad sobre su sobrina. Decirle el motivo de su separación había sido otro error. Tendría que haberse mantenido firme y no decirle nada. Pero Aristides estaba dispuesto a intentar arreglar las cosas entre ellos, a visitar a Vicky, a conseguir que volviera a Atenas. En ese caso, habría tenido que volver a verla.

Aunque había vuelto a verla. Por voluntad propia. Había sucumbido a aquel trastorno transitorio cuando la vio en sus oficinas furiosa porque no la hacía caso, con fuego y hielo brillándole en los ojos. Un error garrafal, pero menor que el que llegó después.

Menor que ofrecerle aquel trato diabólico para vengarse de lo que le había hecho hacía dos años. Fue muy fácil tentarla con el dinero que quería con tanta avidez, que consideraba que le correspondía en justicia; por muy adúltera que fuera…

Las palabras de justificación le retumbaban en la cabeza: «No era un verdadero matrimonio…»

Intentó sofocar los recuerdos, pero uno se resistió. La última y despreciable vez que la poseyó, la satisfacción definitiva.

Apretó el lápiz con tanta fuerza que lo partió como si fuera un palillo. Lo tiró, tomó otro y siguió repasando las últimas cifras de ventas. Las ventas aumentaban, los beneficios crecían, la empresa prosperaba.

Sin embargo, a él, las cosas no le iban bien.

—¿Más café?

—No, gracias. Será mejor que me vaya.

Jem se levantó. Su cuerpo alto y desgarbado hizo

que el apartamento de Vicky pareciera más diminuto todavía. Cabría perfectamente en el comedor del ático de Theo.

Eso era lo que se conseguía al ser rico. Podías comprarte áticos, islas privadas, pisos en estaciones de esquí y «nidos de amor» en la costa para llevar a las amantes. Las incalculables amantes de Theo Theakis… excepto cuando estuvo casado. Entonces, naturalmente, tenía una esposa para saciar sus necesidades sexuales.

Los pensamientos se le amontonaban en la cabeza como siempre; sin compasión ni tregua. ¿Qué más daba que Theo no hubiera tenido amantes cuando estuvo casado? Eso sólo empeoraba las cosas. La había utilizado a ella para conseguir lo que, hipócritamente, había decidido no conseguir por los medios habituales. ¿Acaso no había tenido bastante con pensar que la había seducido sólo como un ejercicio de egoísmo sexual? Todavía tenía que soportar algo peor.

Podría haber sido otra cualquiera. Cualquier mujer lo habría hecho, cualquier mujer que fuera su esposa, que estuviera allí para eso, para ser el depósito de su alivio sexual. Eso fue ella, eso fue su cuerpo.

Igual que su cuerpo no había sido otra cosa que el instrumento para vengarse cumplidamente de ella. Sin piedad, se había aprovechado de su humillante debilidad, de lo estúpida y vulnerable que era hacia él, lo había utilizado como una arma mortífera contra ella. Lo había utilizado todo lo que había podido.

Sintió un frío aterrador. Por mucho que ella estuviera roja de ira contra él, le bastaba con acercarse, tocarla y besarla para poseerla. Cerró los ojos al no poder soportar la vergüenza.

–Vicky… ¿te pasa algo?

Abrió bruscamente los ojos. Se puso tensa por la preocupación que se reflejaba en la voz de Jem.

–No, nada… –se levantó–. Estoy un poco deprimida, pero no es de extrañar, ¿verdad?

Intentó disimular el nerviosismo, pero no lo consiguió. Notaba que la furia y la rabia bullían dentro de ella como en una olla a presión.

–Sabes, sigo creyendo que si le decimos para qué vamos a usar Pycott, seguro que no se negará a desbloquear el dinero –comentó Jem.

–No servirá de nada –replicó ella tajantemente–. Nunca me dará el dinero. Nunca.

Vicky cerró la boca con todas sus fuerzas. Jem suspiró y le acarició el pelo.

–Bueno, entonces, ¿qué te parece mi otra propuesta? Cuéntaselo a la prensa. De acuerdo, está en Grecia, pero seguro que la prensa sensacionalista estaría encantada con la historia de un magnate griego que se niega a dar el dinero para un centro de vacaciones para chicos necesitados.

–¡No! –un escalofrío le recorrió todo el cuerpo–. No puedo hacerlo, además no serviría de nada. Jem, nada servirá de nada. Ese hombre es un verdadero canalla.

–Entonces, ¿qué me dices de tu tío? El dinero era suyo en un principio. A lo mejor él acepta darte lo que acordó y luego recuperarlo de tu ex marido.

–¡No! –la exclamación fue más exasperada todavía–. Déjalo, Jem, es imposible.

–A lo mejor tu tío hace una donación benéfica independientemente de lo que se acordara cuando te casaste…

–¡Jem! ¡No! ¡Es imposible! No puedo acudir a mi tío, ¡no puedo!

–Vicky, ya sé que es tu familia y no quiero entrometerme, pero piénsalo, tu tío es rico. Es un disparate pasarlo por alto. Necesitamos el dinero con mucha urgencia. Podemos intentar recaudar fondos aquí, haremos todo lo posible, pero es desesperante saber que tu ex marido te debe ese dinero y que es tan asquerosamente tacaño que no te lo da.

Vicky entrelazó las manos.

–Lo siento, Jem. Lo siento mucho, pero no puedo insistir con él… no puedo. Por favor, no me pidas que lo haga.

Vicky lo dijo con toda la calma que pudo, pero Jem la miró con cierta indecisión.

–De acuerdo, abandono –le dio un abrazo cariñoso–. Vicky, eres muy importante para mí y no quiero que nada ni nadie te incordie –la soltó, pero le tomó la cara entre las manos y le dio un beso en la frente–. Cuídate mucho, ¿me lo prometes? –le sonrió tranquilizadoramente–. No te preocupes, ya se nos ocurrirá algo. No hemos llegado hasta aquí para tirar la toalla. Ya sé, mañana iré a Devon a ver cómo marchan las cosas. A lo mejor los constructores pueden hacer alguna obra provisional, algo más barato para que podamos abrir en verano. Siempre hay alguna solución…

Le dio otro beso en la frente y la soltó, pero ella siguió rodeándole la cintura con los brazos y apoyó la mejilla en su pecho.

–Jem… No sabes cuánto lo siento.

–No pasa nada –le dio unas palmadas en la espalda–.

De verdad. Ya sé que todo aquel matrimonio fue una pesadilla, pero sabes muy bien que me tienes a mí. Llevamos mucho tiempo juntos, para lo bueno y para lo malo.

Ella se apartó y le sonrió.

—Desde que pegaste a Peter Richards, del curso superior, por tirarme una castaña.

—Sí, aunque él sí que me pegó a mí. Todavía me acuerdo de cómo sangré por la nariz —se rió—. Siempre fui un temerario y me pegaba con los chicos más grandes y malos —miró el reloj—. Será mejor que me vaya, van a cerrarme el metro.

—Puedes quedarte a dormir si quieres.

—No, mañana quiero salir temprano y llegar a Devon a media mañana.

Lo acompañó a la puerta con una sonrisa congelada en el rostro. Cuando se fue, se le descompuso en mil pedazos.

Theo se puso la chaqueta. Tenía una hora para llegar a la ópera, pero todavía debía hacer algunas llamadas a Estados Unidos. No le apetecía especialmente ir a la ópera y mucho menos con Christina Poussos. Sin embargo, era una gala benéfica y ella quería presumir de su compañía. Endureció el gesto mientras se colocaba bien la pajarita y se guardaba la cartera en el bolsillo del esmoquin. Cuando terminara, la dejaría en su casa, no pensaba llevarla allí ni al ático del edificio de su empresa.

No lo había usado mucho últimamente. Si no fuera parte de la sede de su empresa, lo habría vendido. Tenía que comprarse otro piso en la ciudad. No tendría tantas ventajas como ése, pero tampoco le recordaría tantas cosas.

También le fastidiaba no poder deshacerse de la mansión Theakis, pero había sido la residencia familiar durante mucho tiempo y no podía venderla. Aunque cada vez pasaba menos tiempo allí.

Sin embargo, sí había vendido otra de sus posesiones. Una con vistas al mar... y demasiados recuerdos.

Recogió el móvil y bajó las escaleras. Christina quería que la recogiera pronto en su piso, pero no pensaba hacerlo. Querría acostarse con él y no estaba dispuesto a complacerla. No estaba en disposición de acostarse con nadie. Llevaba unos días sin ganas de sexo. Además, cuando las tenía, no era precisamente con Christina. Ni con ninguna otra parecida.

Cruzó el vestíbulo, entró en el despacho, cerró la puerta con una fuerza innecesaria y empezó a hacer las llamadas. Tenía que distraerse con algo. Estaba de mal humor. ¡Maldita! Era una adúltera indecente... Intentó dejar de pensar en eso. Ya sabía muy bien qué era. No tenía sentido seguir repitiéndoselo. La había expulsado de su vida y no volvería a entrar por nada del mundo. Ella había cometido un error monumental, pero eso tampoco era un motivo muy bueno para empeorar una situación ya mala.

Pensó en Christina Poussos. Era elegante, hermosa y tentadora. Más aún, estaba deseando reanudar la aventura que interrumpieron cuando ella decidió casarse. En ese momento ya no estaba casada y sí estaba deseosa de mostrar al mundo que todavía podía elegir los amantes que quisiera. Quizá cambiara de idea y la complaciera… Significó poco para él la primera vez y significaría menos esa vez, pero tenía la ventaja de saber exactamente lo que iba a obtener de ella.

Al contrario que…

Dejó de pensarlo, como si hubieran saltado los fusibles.

Contestaron al otro lado del teléfono, se recostó en la butaca y empezó a hablar de negocios. A los veinte minutos, sonó el interfono de la casa. Sería el chófer para recordarle que si no se ponía en marcha, se perdería el principio de la ópera. A él le daba igual, pero Christina se pondría de morros. Le encantaba hacer una entrada triunfal y como quería acostarse con ella esa noche, prefería no tener que soportar su mala cara. Aunque sabía que nunca lo rechazaría en la cama. Sería un triunfo que nunca arriesgaría. Ella sabía que había muchas mujeres dispuestas a ocupar su puesto. Siempre las había habido. Siempre había sabido que ser Theo Theakis la permitía disponer de muchas mujeres. No era vanidad, era la realidad, algo que no le importaba gran cosa.

Lo que más le importaba era Theakis Corporation y que sus empleados conservaran sus empleos. Era muy fácil ver las amenazas; Aristides era una prueba. Cambió la expresión. No se arrepentía del funesto matrimonio. Hizo lo correcto. Los negocios eran algo muy intrincado y la colaboración era rentable para ambos. Obtuvo mucho dinero de su inversión en Fournatos además de honrar la memoria de su padre y de permanecer al lado de un amigo. Entrecerró los ojos. Honra. Era una palabra extraña que no significaba nada… y lo significaba todo a la vez.

Ella debió habérselo dicho desde el principio. Debió haberle dicho que no podía casarse con él porque tenía una relación sentimental con otro hombre. Quizá Aristides no lo hubiera aceptado, quizá hubiera querido saber por qué no se casaba con ese hombre si era tan importante como para tener una aventura, pero tampoco habría insistido en que había que organizar un matrimonio entre dinastías para justificar la inversión en Fournatos.

¿Por qué no dijo nada? No se mordió la lengua sobre el asunto del tipo de matrimonio que era, hasta el punto que fue un tema de conversación en los círculos de Aristides y suyo. Sin embargo, no dijo una palabra sobre lo único que habría acabado de un plumazo con toda la idea.

Mantuvo ese secreto. Ese secreto vil y deshonroso. Volvió a oír la indignante justificación: «No fue un verdadero matrimonio…» ¿Realmente creía que eso les daba carta blanca para eludirlo? ¿Realmente creía que eso era lo que él había hecho? ¿Había pensado que él seguiría con otras mujeres mientras estuvieran casados? No le había dado ningún motivo para que lo pensara y ella lo sabía. Se había sacado esa excusa de la manga para justificar su adulterio. ¡Había intentado que él fuera tan culpable como ella!

Sintió tal furia que se le nubló la vista.

Lo dejó y se fue con el otro. Salió de su cama para meterse en la de él.

El interfono volvió a sonar con insistencia. Dejó de pensar y se recompuso. Descolgó.

No era el chófer sino el guardia de seguridad. Había un hombre en la puerta que preguntaba por él.

–Se niega a darme su nombre ni a decirme el motivo de su visita. ¿Llamo a la policía? ¿Quiere que lo enfoque con la cámara para que pueda verlo?

El monitor del despacho de Theo parpadeó y apareció un taxi y, al lado, un hombre junto al interfono. Theo se quedó mirándolo un instante. Entonces, lentamente, su rostro se quedó inexpresivo.

–Déjelo pasar.

–Vicky, estas cifras no cuadran.

Vicky levantó la cabeza. Una de sus compañeras de trabajo le mostraba un cálculo financiero que ella acababa de hacer.

–Lo siento. Lo arreglaré –alargó la mano para tomar los papeles.

–Te he señalado las cuentas que están mal –su compañera le dio los documentos con una sonrisa y volvió a su mesa.

Vicky se quedó mirando las cifras que tenía delante. Estaban borrosas. No podía concentrarse en los números, ni en nada más. Era como si estuviera envuelta por una neblina permanente. Le costaba mucho hacer cualquier cosa, hasta prepararse una taza de café o levantarse por la mañana. Quizá estuviera deprimida. Aunque ella lo llamaba de otra forma, de una forma que no podía decir. Era un secreto que no contaría absolutamente a nadie. Mucho menos a Jem. Él se enfadaría, se espantaría.

Afortunadamente, él no estaba allí en ese momento. La noche anterior había estado a punto de desmoronarse en su presencia y le costó en esfuerzo sobrehumano mantener la entereza hasta que se fue. Al menos dispondría de un par de días sin él. Aunque saber dónde estaba no la alegraba. Era posible que en ese momento estuviera con el constructor y dándose cuenta de lo desalentador que era intentar hacer que Pycott fuera medio habitable sin el dinero que habían estado esperando.

Se sintió desesperada. Si pudiera acudir a Aristides... Él le daría el dinero. Era amable y generoso y, además, se conmovería con lo que Jem y ella estaban intentando hacer. Sin embargo, nunca podría acudir a él después de que Theo le hubiera contado el motivo del brusco final de su matrimonio.

No tenía escapatoria ni podía acudir a nadie.

Si pudiera acudir a Geoff y su madre... Sabía que ellos no podían ayudarla económicamente, pero podría ir a verlos, salir de allí, huir a un sitio tan remoto como Australia. Se le daba bien huir.

Sin embargo, las veces que había huido de algo insoportable se había encontrado con algo peor todavía.

Como cuando huyó de la isla...

Apretó los labios. Abandonar la isla fue esencial. Además, Jem estuvo al quite, fue como una tabla salvadora a la que se aferró. Aunque no pudo contarle lo que había hecho. No pudo. La vergüenza se apoderó de ella.

Si salía corriendo en ese momento, sería mucho peor. Su madre le haría preguntas y querría respuestas. Querría saber por qué había hecho lo que había...

No tenía escapatoria. Estaba atrapada en la mazmorra del silencio. No podía contarle a nadie lo que había hecho.

Aturdida, se pasó la mano por la frente y empezó a corregir las cifras. Tardó mucho.

Una capa gélida de abatimiento empezó a rodearle el corazón.

Theo fue hasta el mueble bar que había en una esquina de su despacho. Era algo que sólo hacía cuando tenía una visita. Sin embargo, no iba a ofrecer una copa al visitante que se acercaba a su casa. Con un gesto pausado, abrió una botella de whisky de malta, se sirvió un poco y se lo bebió de un trago.

¿Se había vuelto loco? Ningún hombre en su sano juicio lo habría dejado entrar. Él, no obstante, tenía sus motivos. Quería mirarlo a los ojos, decirle lo que pensaba de él. Incluso, cerró el puño izquierdo, quizá hiciera algo más que eso. No lo haría llevado por la ira. Era fundamental que mantuviera la calma.

Con pleno dominio de sí mismo, dejó el vaso en el mueble bar, volvió a la mesa, se sentó en la butaca y esperó.

Oyó la llegada del visitante. Oyó unas voces que no entendió en el vestíbulo. La puerta del despacho se abrió y ese hombre entró.

Theo lo miró. Miró al hombre que le había mirado desde unas fotografías que un paparazzi dejó en esa misma mesa para luego esperar a que captara el mensaje y le pagara el dinero que evitaría que se publicaran.

Lo miró con unos ojos implacables e impenetrables. Los ojos del otro hombre eran azules y sólo transmitían una expresión: furia.

Theo se dejó caer contra el respaldo de la butaca y, con mucha calma, fue a decir lo que pensaba del hombre que seguía de pie al otro lado de la mesa.

Sin embargo, el otro hombre se adelantó con un destello fulminante en los ojos y un tono vehemente.

—Podría decirme sólo una cosa, señor Theakis. ¿Qué se propone? ¿Por qué cree que tiene el más mínimo motivo para retener el dinero de mi hermana?

Theo, sin inmutarse, se quedó petrificado.

Capítulo 11

VICKY estaba lavando un jersey. Eran las dos de la mañana, pero eso era lo de menos. No podía dormir. Si se tumbaba en la cama, se quedaba mirando al techo y oyendo el ruido del escaso tráfico en la calle. Pensando. Era imposible no pensar en la oscuridad; era imposible no sentir. Eran unas sensaciones que la despojaban de todo, que la dejaban desnuda. Tan desnuda como una vez estuvo su cuerpo. Sólo pensaba en aquello, recordaba.

Por eso estaba con las manos metidas en el fregadero de la cocina y con una bata de algodón muy fino. Al lado tenía un montón de ropa. Había sintonizado una emisora de música clásica. Oía las *Cuatro últimas canciones* de Richard Strauss, algo muy apropiado para ese momento. La voz de la soprano la atravesaba con esos lamentos melancólicos y conmovedores. Pero no era el momento de dejarse llevar por los sentimientos.

Siguió estrujando y aclarando rítmicamente en jersey. Se quedó paralizada al oír el ruido de la llave en la cerradura.

Se dio la vuelta. La cocina mínima estaba separada de la sala, que también era el dormitorio, por una barra baja que le servía para desayunar. A la derecha, un arco daba paso a un vestíbulo diminuto que ocultaba la puerta.

–Jem…

Lo dijo con un tono tenso. Era la única persona que tenía las lleves del edificio y del apartamento.

Al no recibir respuesta, se secó las manos y agarró un cuchillo. El pulso se le aceleró por el miedo. Se quedó atónita y se le cayó el cuchillo al suelo.

Theo estaba debajo del arco.

–Jem me las ha dejado –le explicó mientras dejaba las llaves en la encimera donde desayunaba.

Ella estuvo a punto de desmayarse.

–¿Jem? –preguntó con un hilo de voz.

–Fue a verme –contestó Theo con tono despreocupado.

Sus ojos, sin embargo, conservaban el mismo brillo oscuro que tenían la última vez que se vieron. El corazón le palpitó con fuerza. No por el miedo a un ladrón, sino con esas palpitaciones que ya conocía tan bien. Lo cual era imposible. Lo que Theo acababa de decirle era imposible.

–Jem está en Devon.

–No –replicó Theo–, Jem está en Atenas. Llegó esta tarde. Hemos tenido una conversación muy interesante. Muy esclarecedora.

Tenía los ojos clavados en los de ella, los tenía atrapados con ese brillo oscuro. Seguía de pie, muy quieto, bajo el arco. Vicky se fijó en que iba vestido con esmoquin, algo bastante raro en esas circunstancias. Aunque eran unas circunstancias increíbles. Intentó ordenarlas.

–¿Esta tarde estabas en Atenas? –le preguntó con el ceño fruncido.

–He venido en avión. Verás –siguió él con un tono alterado en la voz que penetró en ella como un ácido–, la conversación que tuve a primera hora de la noche fue muy esclarecedora, pero no consiguió responder a todas la preguntas. Hay muchas preguntas, pero, en el fondo, todas son la misma.

Él se movió repentinamente y Vicky dio un respingo. Theo no se acercó a ella sino que fue a sentarse en la butaca que había junto a la ventana. Cruzó las piernas y apoyó las manos en los brazos de la butaca.

—Empieza a hablar y no omitas nada —le ordenó con la misma voz que siempre le ponía los pelos de punta.

El mundo se hacía añicos a su alrededor. Unos añicos tan afilados que la desgarraban. Se agachó para recoger el cuchillo, lo limpió y lo dejó en la encimera. Luego, fue a apagar la radio. «¿Es esto la muerte?», preguntó la soprano.

Efectivamente, la muerte podía llegar de muchas formas y ésa era una de ellas.

Se apoyó en el muro que le servía para desayunar. Las piernas le flaqueaban. Estaba tan trastornada que no podía soportarlo.

—Habla, Vicky.

Ella abrió la boca, pero no le salieron las palabras.

—No entiendo —consiguió decir con mucho esfuerzo—. ¿Por qué ha ido Jem a Atenas?

—Quería los mismo que tú, Vicky —contestó él con una leve vacilación en los ojos—. Quería tu dinero. Creía que yo lo retenía sin motivos —los ojos lanzaron un destello—. Estuvo bastante agresivo al respecto. Lo cual me pareció sorprendente porque yo le había dejado entrar en mi casa con la intención de machacarlo... —hizo una pausa—. Afortunadamente, él habló primero. Al fin y al cabo, ¿qué motivo podía tener yo para machacar a tu hermano?

—Es mi hermanastro —Vicky lo aclaró inexpresivamente–. Es el hijo que tuvo mi padrastro Geoff en su primer matrimonio. Fuimos juntos al colegio. Así fue como Geoff conoció a mi madre cuando se divorció, gracias a mi amistad con su hijo.

Algo atravesó el rostro de Theo. Una ira tan profunda que podría haberla asesinado.

–¿Por qué…? ¿Por qué dejaste que yo pensara que era tu amante?

–Porque quería acabar con nuestro matrimonio.

Vicky lo dijo con mucha calma. No podría haberlo dicho de otra forma porque no sentía absolutamente nada.

Theo agarró con fuerza los brazos de la butaca.

–Habría bastado con que me hubieras pedido el divorcio –replicó él con desprecio que abrasó a Vicky.

Ella no podía decir nada. Era un secreto espantoso y bochornoso. Nadie en el mundo podía saberlo. Ni Jem ni su tío ni su madre. Vio que Theo apretaba los labios y que la miraba como si quisiera atravesarla.

–Tu hermano está descontento. Se siente ultrajado. Calumniado.

–No tenía por qué haberlo sabido. No debería haber viajado a Atenas. Tenía que estar en Devon. Le avisé de que no me darías el dinero, se lo dije –se defendió ella con calma.

–Sin embargo, no le dijiste el motivo.

–No tenía importancia.

Él agarró con más fuerza los brazos de la butaca.

–Tampoco tenía importancia para tu tío, ¿no?

–No.

–Ni, naturalmente, para mí –la miró con unos ojos bastante inexpresivos.

–No.

Se hizo un silencio. Vicky sólo oyó el ruido del tráfico y los latidos desaforados de su corazón.

–Aun así, querías el dinero, lo querías tanto que te prostituiste.

–No --lo miró fijamente a los ojos–. A las prostitutas se les paga. Ese dinero no era para mí. Supongo que Jem te lo habrá contado.

–Sí. Me lo explicó con todo detalle. A lo mejor te alegra saber, si consideras que tiene importancia, que le he extendido un cheque que cubrirá todos los gastos de reconstrucción y acondicionamiento. Además de los costes durante cinco años.

–Eres muy amable –le agradeció ella con voz cavernosa.

–Si me hubieras dicho para qué querías el dinero, se lo habría dado a tu hermanastro y si me hubieras dicho que es tu hermanastro, no tu amante, no habría pensado que eres una adúltera indecente.

El tono seguía siendo despreocupado, pero la atravesaba como un bisturí.

–¿Por qué lo hiciste? ¿Por qué permitiste que pensara que eras una adúltera indecente? Lo hiciste premeditadamente. Tuviste muchas oportunidades de corregirme… –los ojos volvieron a brillarle–. No aprovechaste ninguna. ¿Por qué?

La delicadeza de su tono estaba despedazándola como otra vez hizo su furia. Esa furia le había parecido insoportable, pero se había equivocado. Los ojos brillantes y oscuros la miraron fijamente desde el otro extremo del apartamento.

–Vicky, he hecho un viaje de más de dos mil kilómetros. Para mí son las cuatro de la mañana. He reclamado a mi piloto cuando estaba cenando con su mujer.

Vas a contestarme. Te aseguro que vas a contestarme. ¿Por qué permitiste que pensara que eras una adúltera sin escrúpulos?

Ella tenía las uñas clavadas en la encimera.

—Ya te lo he dicho, quería acabar con ese matrimonio.

—Te degradaste, degradaste a tu hermanastro y humillaste a tu tío. ¿Eso tampoco tenía importancia?

—No. Nada de eso tenía importancia.

—Entonces, ¿qué la tenía, Vicky?

No podía contestar. Nunca lo haría. Estaba condenada al silencio. Condenada por ese secreto espantoso y bochornoso.

—He tenido mucho tiempo para pensar en esto, Vicky. Si no vas a darme respuestas, lo haré yo.

Theo se levantó y ella se puso tensa. Se acercó a ella, alto, delgado y aterrador. Llevaba la chaqueta desabrochada y podía notar la musculosa esbeltez de su cintura y la sensualidad de sus caderas. Pudo notar su poderío, como lo había notado siempre y como siempre la había aterrado. Retrocedió en el tiempo y volvió a verlo cuando se dio la vuelta para que se lo presentaran, cuando aquellos ojos negros la miraron impasiblemente. Entonces, también notó su poderío. Se aferró a la encimera con todas sus ganas.

—No te acerques, Theo…

—Quiero respuestas, Vicky.

Se quedó a un metro. Demasiado cerca, aterradoramente cerca.

—Dime por qué permitiste que pensara que tenías un amante. Dímelo.

La voz la apremió, la mirada la presionó, el espanto la angustió.

–¿Tú qué crees, Theo? ¡Acababas de acostarte conmigo!

Lo dijo con un tono despectivo. Seguía agarrando la encimera con todas sus fuerzas.

–Te habías acostado con la única mujer con la que ibas a acostarte para evitar la abstinencia mientras estabas casado con la sobrina de Aristides Fournatos. No esperes respuestas… ése fue el único motivo. Me encontré con Jem en el aeropuerto porque me había dejado un mensaje en el móvil en el que me decía que estaba en Atenas. Yo estaba tan alterada por lo que había pasado en la isla que tenía que salir de allí. Dimos paseos y hablamos de la casa que había heredado y de lo bien que nos vendría para hacer un centro de vacaciones para los chicos, aunque necesitaríamos mucho dinero. Me preguntó si yo podría conseguir el dinero que me prometiste cuando terminara nuestro matrimonio. Después de ese tiempo alejada de ti me había dado cuenta de que tenía que librarme de ti para siempre. Por eso, cuando me arrojaste esas fotos a la cara aproveché la ocasión para dar por terminado nuestro matrimonio inmediatamente. Salió bien, ¿no? Estabas deseando despedazarme y deshacerte de mí como si fuera escoria.

Se quedó en silencio con los ojos como ascuas clavados en los de él.

Él estaba muy quieto.

–Cuando viniste a mi ático me acusaste de adulterio –replicó él con un tono muy sosegado–. Diste por supuesto que durante todo nuestro matrimonio yo había estado acostándome con otras mujeres. ¿Por eso también permitiste que yo pensara que tenías un amante? ¿Para estar empatados?

–¡Fue para escapar de ti! ¿Qué más daba si seguías con otras mujeres o me utilizabas para tu alivio sexual?

–Tienes razón, da igual. Lo que sí importa… –él conservó el tono despreocupado, pero un tic en la mejilla lo delató– es por qué pensaste que era verdad y eso te alteró.

–No me alteró, me enfureció. Me enfureció que me utilizaras de esa manera.

–Pero no te utilicé de esa manera tan repulsiva ni cometí adulterio mientras estuvimos casados. Entonces, ya no tienes motivos para estar furiosa conmigo, ¿no?

–¿Cómo tienes el valor de preguntarme eso después de haberme obligado a acostarme contigo por dinero y de haberme dicho lo que me has dicho? –preguntó ella con indignación.

Él se encogió de hombros si dejar de mirarla.

–Lo hice porque creía que habías tenido un novio, que seguías teniéndolo, y que aun así estabas dispuesta a acostarte conmigo a cambio del dinero que considerabas legítimamente tuyo. Habría bastado que me hubieras dicho la verdad para que yo no lo hiciera, pero no me la contaste. Seguiste consintiendo que yo lo pensara aunque ya no hacía falta. ¿Por qué, Vicky?

Él la había dejado sin agarraderas. Parecía como si estuviera cayendo a un abismo que iba a engullirla. Sin embargo, tenía que luchar con todas sus fuerzas. Sólo había un pequeño inconveniente, ya no tenía fuerzas. Sólo sentía el vacío que le había dejado el espanto. Lo miró muda e indefensa.

–Dime una cosa, Vicky –el tono de Theo había cambiado–. Si hago esto, ¿te enfurecerás?

Alargó una mano y le pasó el pulgar por los labios.

—¿Te enfurece, Vicky? ¿Te enfurece esto?

Le pasó el dorso de la mano por la mejilla, le acarició el lóbulo de la oreja e introdujo los dedos entre el pelo.

—¿Te enfureces cuando hago esto?

Le agarró la nuca con la mano, la atrajo hacia sí y bajó lentamente la boca hasta la de ella. Fue un beso de terciopelo. Apartó la cabeza.

—¿Estás furiosa, Vicky? —le preguntó con una delicadeza extrema.

No podía sostenerse. Tenía las palmas de las manos sobre le encimera. Lo miró a los ojos. Esos ojos profundos e insondables donde podía ahogarse. Una lágrima como un diamante cayó sobre le encimera.

—Theo, por favor, no me hagas esto. Por favor... —lo suplicó con un hilo de voz.

Otra lágrima cayó. Él estaba mirándola, pero no podía verlo. Estaba desenfocado. Tenía los ojos empañados de lágrimas.

—Por favor, no me lo hagas. Por favor...

Theo dijo algo en griego. Ella no lo entendió, pero captó el tono de conmoción, de incredulidad. Ella supo el motivo y quiso morirse, que se la tragara la tierra como se traga a todos los tontos del mundo.

—Theo, por favor, vete. Vete.

Iba a desmoronarse y consiguió sentarse en el taburete. Agachó la cabeza con las mejillas empapadas de lágrimas.

—Vicky. ¡Por Dios, Vicky!

Theo la abrazó y ella, por un instante de obnubilación, se aferró a él. Pero se apartó enseguida.

—¿No tienes suficiente respuesta, Theo? ¿Ya estás

contento? ¿Ya has conseguido lo que querías? Como conseguiste lo que querías al acosarme y derribarme. Me llevaste a tu cama. Además, tienes toda la razón. ¿Qué más da si me utilizaste o no? Para ti todo daba lo mismo. ¿Qué mas daba si era alivio sexual o vanidad sexual? Para ti era lo mismo y… para mí no había ninguna diferencia… ¿Cómo iba a haberla? En cualquiera de los casos me ridiculizabas. Hacías que fuera una pobre idiota —Vicky soltó una carcajada aguda y heladora—. ¿Me interpretaste mal, Theo? ¿Me tomaste por una de esas mujeres que se afanaban por contarme que habían tenido una aventura contigo o que les encantaría tenerla o que querían volver a tenerla? ¿Creías que era como ellas? ¿Creías que, como ellas, disfrutaría de los placeres físicos que podías ofrecerme y sería sofisticada e indolente sobre todo el asunto? Yo no podía. Sabía que no podría. Me casé convencida de que no irías por ese camino; de que ni siquiera soñarías con tomarlo; de que nuestro matrimonio era una farsa ante los demás y de que tú, naturalmente, seguirías con tu vida sexual habitual. Cuando me pusiste en tu punto de mira, no supe qué hacer. Intenté disuadirte por todos los medios. Pero no cejaste, seguiste acercándote. Intenté pararte los pies, lo intenté una y otra vez. ¡Pasó lo mismo cuando me propusiste ese pacto diabólico! Cuando hiciste que volviera contigo si quería el dinero para el proyecto de Jem. ¿Sabes por qué lo acepté? ¿Lo sabes? —lo miró con rabia y la cara desencajada—. ¿Crees que lo hice por el maldito dinero? No. Quería el dinero para Jem, pero ése no fue el motivo para que hiciera lo que querías que hiciera. Lo hice para demostrarme y para demostrarte que podía ser como todas esas malditas mujeres, que podía acostarme contigo sin que eso significara nada, como a ti te gustaba. De la única forma que querías. Lo hice para inmunizarme de ti. Para odiarte. ¡Tendría que haber salido bien después de todo lo que me habías hecho y me habías dicho! Fuiste tan despreciable aquella última vez...

No pudo seguir. Había contado su bochornoso secreto, el secreto que no podía contar a nadie. Se lo había contado a la última persona del mundo a la que debería habérselo contado.

—Tendría que haberme inmunizado de ti —susurró ella.

Sin embargo, no se había inmunizado. Nunca lo conseguiría. En eso consistía el poder que tenía sobre ella y que la aterraba. Tomó aliento y lo miró.

—Vete, Theo —la voz se le había quebrado y ella estaba quebrándose en mil pedazos—. Vete.

Él no se fue. Se acercó a ella y le dijo algo en griego. Pudo haber sido «idiota», no estuvo segura. Ya no se acordaba bien del griego. Sin embargo, no le habría extrañado. Tenía razón, era una idiota. Ya no lloraba, ya no le quedaban lágrimas. Volvió a oír la misma palabra. Sonaba como *elithios*. ¿Por qué no dejaba de repetirla? Ya sabía que era una idiota. Sólo una idiota habría hecho lo que ella había hecho.

Volvió a llorar. Le pareció la única reacción racional en esas circunstancias.

Theo la tomó entre los brazos y la estrechó contra sí. Ella lloró más todavía. La lágrimas le mojaron la camisa. Él la abrazó con más fuerza y dijo más cosas que ella no entendió. Entonces, la soltó y ella estuvo a punto de caerse del taburete, pero la sujetó y le tomó la cara entre las manos.

—Idiota —le dijo en inglés—. Me tomaba por un hombre inteligente y fui un idiota durante todo ese tiempo. No vi lo que tenía delante. Sólo veía una cosa, una cosa –la miró a los ojos–. Esto.

La besó. Fue un beso muy largo y cálido. Hasta que se apartó un poco y le besó los ojos.

–*Matia mou*. Mis ojos, mis labios, mi corazón, mi mujer…

Volvió a besarla en la boca. También fue un beso largo y cálido, pero con algo más, con mucho más. Vicky notó una llamarada en el cuerpo.

Theo la tomó en brazos y la levantó del taburete sin dejar de besarla. Ella sintió pánico.

–Theo, ¡no, por favor! No puedo hacerlo, no puedo.

La llevó hasta la cama.

–Sí puedes –replicó él mientras la tumbaba–. Debes hacerlo, como yo debo hacerlo.

Se quitó la chaqueta, la corbata, la camisa y toda la ropa. Se tumbó junto a ella.

–Tenemos que hacerlo. Si no, la idiotez que corre por nuestra sangre se adueñara de nosotros para siempre. No podemos permitirlo –le abrió la bata–. Eres la mujer más hermosa del mundo –le besó los pechos.

Vicky cerró los ojos. No podía hacer otra cosa. Se había quedado sin fuerza de voluntad. Sólo podía sentir sensaciones. Sensaciones lentas, sensuales y dulces como la miel que le corría por la venas. Él tenía el cuerpo cálido y fuerte. Le susurró palabras en griego que ella no conocía, que no había oído nunca. Sin embargo, también eran como miel.

La besó lentamente, la excitó, entró lentamente en ella, la arrastró consigo al viaje que había emprendido, hacia una tierra donde nunca había estado. Ella tampoco. Llegaron juntos a la lejana costa, que, en realidad, estaba muy cerca. Tan cerca como sus cuerpos.

Lloró cuando el clímax se apoderó de ella, eran unas lágrimas que le brotaban de lo más profundo de sí misma.

—No llores —la estrechó contra sí—. No llores.

La calmó hasta que no le cayeron más lágrimas. La abrazó de tal forma que apoyó la mejilla sobre el poderoso pecho de él. Tenía el corazón rebosante, pero una pena inmensa la abrumaba. Separó la cabeza para mirarlo con ojos compungidos.

—Gracias, Theo. Gracias por este momento que me has dado. Ha limpiado mucho todo lo que pasó en Grecia. Te lo agradezco, pero, por favor, vete —tragó saliva.

Se sentó para apartarse de él y poder taparse con la bata. Volvió a tragar saliva.

—Nunca debí casarme contigo —siguió ella—. Lo supe desde el primer momento. No porque rechazara el motivo, acepté hacerlo por mi tío, sino por otro motivo. Un motivo que me negué a reconocer hasta que fue muy tarde. Un matrimonio como aquél sólo podía salir bien si las dos partes sentían lo mismo por el matrimonio en sí y por el otro. Para mí sólo significaba una farsa que no iba más allá de lo superficial. Una representación en la que yo tenía el papel de señora Theakis. Una vez conseguido el propósito de la representación, la representación terminaría, los dos nos bajaríamos del escenario y seguiríamos con nuestras vidas. Por eso… —volvió a tragar saliva—. Por eso me quedé espantada cuando caí en la cuenta de que estabas… acercándote a mí. Intenté convencerme de que estaba equivocada, de que, naturalmente, no podías estar haciendo lo que creía que estabas haciendo. Aquello no era un matrimonio. La mera idea de que me miraras de aquella manera era absurda. Cuando acabé por aceptar que me considerabas eso, me enfurecí. ¿Cómo te atrevías? Para mí sólo había un motivo posible para que lo hicieras. Era una forma de ejercer tu poder. Nada más. Ejercitabas tu vanidad sexual mientras seguías tan contento con todas aquellas mujeres que se habían ocupado de dejarme muy claro que eso era lo que hacías siempre. Pero yo no podía hacerlo. Supe que no podría tener una relación sexual contigo como la de aquellas mujeres. También supe, con horror, que para ti no sería algo distinto a ellas –volvió a cerrar los ojos, pero los abrió inmediatamente con mucha decisión–. Incluso cuando me reprochaste que no te habías acostado con ninguna mujer durante nuestro matrimonio, eso sólo empeoró las cosas. Dio un giro más repugnante a lo que me habías hecho. Alcanzaste la cota más alta de la hipocresía. Cumpliste la letra de nuestro matrimonio, renunciaste a lo que hacías normalmente, pero ante la posibilidad de pasar meses de abstinencia, recurriste a la mujer con la que, según tus condiciones, podías acostarte, a mí –Vicky sacudió la cabeza lentamente–. Eso me enfureció más todavía. Me utilizabas. Te daba igual quién fuera yo, habría servido cualquiera, cualquiera con la que te hubieras casado por los motivos que mi tío y tú juzgasteis convenientes. Daba igual. El resultado habría sido el mismo. Cuando el matrimonio hubiera alcanzado el final previsto, tu interés por mí también terminaría. Yo me iría a casa y si te he visto, no me acuerdo –se cubrió con la colcha como si tapara una herida–. Si te he visto, no me acuerdo –repitió ella con tono desolado y una sonrisa forzada–. No he llevado muy bien las cosas, ¿verdad? Tendría que haber sido clara contigo. Tú fuiste muy claro conmigo cuando fui a verte después de que Aristides me contara aquella historia victoriana. Fuiste muy claro porque, en realidad, un matrimonio en aquellas condiciones tenía sentido, era necesario. Cuando me di cuenta de que estabas acechándome, tendría que haber sido clara, ¿no? Tendría que haberte dicho que yo, al contrario que las otras mujeres, no podría tener una aventura como la que querías. Si realmente creías que no podías seguir con otras mujeres por nuestro matrimonio, tendría que haberte dicho que eligieras entre la abstinencia o romper el matrimonio antes de lo previsto porque yo no podía hacer otra cosa –sonrió con tristeza–. En cierto sentido, todo ha sido culpa mía, ¿no? Culpa mía por no ser clara contigo, por ser tan tonta y tan débil, por seguir adelante con lo que querías de mí y, lo peor de todo, por dejarme llevar por el pánico y dejar que confundieras mi relación con Jem para poder escapar de ti –se agarró al borde de la colcha–. Tendría que haber sido sincera contigo.

Lo miró. Tenía la cara tan impasible como los ojos, que la miraban fijamente. Se había puesto un brazo detrás de la cabeza. Ella, casi sin quererlo y con cierta pena, se fijó en el contorno de la mandíbula, en el pelo negro, en la musculatura de los hombros y el brazo levantado, en la sólida columna del cuello. No volvería a verlo. Le había dicho la verdad y todo se había aclarado. Era el momento de que Theo se fuera. Se habían sacado a la luz todos los secretos y mentiras. Los dos podrían seguir con sus vidas.

Ella se iría a Devon con Jem para poner en marcha

Pycott, en otoño visitaría a su madre y a Geoff y, con suerte, incluso haría las paces con su tío. Sin embargo, no volvería a Grecia. Sería muy doloroso.

Sólo quedaba un secreto, una mentira por omisión, que no contaría jamás. No serviría para nada.

—Entonces, ¿por qué te acostaste conmigo?

La voz de Theo la asustó. Estaba mirándola inexpresivamente.

—Has dicho que no querías tener una aventura conmigo, así lo has llamado, pero te acostaste conmigo cuando fui a la isla. ¿Por qué? Tengo curiosidad.

Lo dijo sin expresar ningún sentimiento, aunque a ella la dejó helada. Era un tono de mera curiosidad.

—Claudiqué —Vicky se encogió de hombros—. No creo que te sorprendiera. Estoy segura de que mujeres mucho mejores que yo también han claudicado. Es difícil resistirse a ti.

—Lo hiciste muy bien —replicó él lacónicamente.

Seguía teniendo los ojos impasibles, pero Vicky captó una sombra que no había visto nunca.

—Seré sincero. Tu reacción me sorprendió. Sabía lo raro que te parecía eso de una boda entre dinastías y cuando me lo propuso Aristides como parte de nuestro acuerdo financiero, tuve muchas dudas de que fuera a salir bien con alguien que no se había criado para aceptarlo como algo normal. Aunque al final decidí que tu temperamento británico tan flemático podría conseguir que funcionara. Sabías comportarte, como había comprobado las veces que nos vimos antes de casarnos, y decidí seguir adelante. Sin embargo, aunque acordáramos que fuese algo temporal, había algo que no conseguías asimilar. Además de tener que adaptarte a la vida en Grecia sin saber bien el idioma y de tener que acostumbrarte a ser la señora Theakis, con un tipo de vida al que no estabas acostumbrada. Te di tiempo, habría sido estúpido si no lo hubiera hecho. Además, estaba muy ocupado con todo el asunto de Aristides mientras dirigía mi empresa. No tenía ni un segundo libre, Vicky. Sabía, por lo que le había pasado a tu tío, que el peligro se presenta cuando te descuidas y no quería que me pasara a mí. Sé que no te pude dedicar mucho tiempo, pero me pareció que era para bien, que te dejaba el espacio que necesitabas para ir adaptándote. También era evidente que aunque fueras medio griega tu personalidad era inglesa. Era evidente en tu aspecto, en tu gusto y en tu forma de comportarte. Esa ropa tan sobria que llevabas. Muy elegante y muy contenida. Como tú misma. No te dejabas llevar por el temperamento, no te dabas por enterada de los dardos de Christina Poussos ni de nada más.

Por un instante tan fugaz que llegó a pensar que se lo había imaginado, Vicky vio que la sombra desaparecía de los ojos, pero las enormes pestañas la devolvieron inmediatamente.

—Tengo que decirte, aunque pueda sorprenderte, que yo siempre di por sentado que ese matrimonio no sería una farsa en un aspecto. Acabas de decir que me habría casado con cualquier sobrina de Aristides por el mismo motivo que me casé contigo. Eso no es verdad. Nunca me habría casado con una mujer que no me pareciera sexualmente atractiva. Habría sido una canallada para ella. Tú, evidentemente, eres sexualmente atractiva. Por lo tanto, era perfectamente posible un matrimonio con actividad sexual. No obstante, como ya he dicho, tenía que darte tiempo para que te adaptaras a ser mi esposa mientras durara el matrimonio.

Comprenderás que mantuve una inactividad a la que no estoy acostumbrado. Por eso estaba ansioso por solucionar la situación.

Vicky había conocido la ira gélida de Theo que podía despedazarla, pero eso era peor. Era como un hombre de su clase, de su círculo, que había decidido que ya era hora de acostarse con la mujer con la que siempre había querido acostarse, con quien se había casado sólo porque le parecía suficientemente atractiva como objeto sexual.

–Me dispuse a solucionarlo –siguió él con el mismo tono despreocupado–. Sólo tenía que indicarte que había llegado el momento de disfrutar los dos. Durante esas primeras semanas me había dado cuenta de que iba a disfrutarlo más de lo que me había imaginado al principio. Esa frialdad y contención tan inglesas estaban resultando sorprendentemente seductoras. Intrigantes. Cuando me acerqué a ti, como tú lo has llamado, fue más intrigante todavía. Me di cuenta de que estaba empezando a desearte mucho, de que habría tenido una aventura contigo aunque no estuviéramos casados. En realidad, estar casado contigo te daba más atractivo. Te presentaba con un aire de intimidad, aunque todavía no te había tocado. Entonces, siento decirlo, hiciste la mayor contribución posible a mi situación.

La miró y ella percibió algo en los más profundo de sus ojos, algo que empezó a alterarla muy lentamente.

–Te resististe, me eludiste, me desdeñaste. Fue fatal. ¿Lo hacías intencionadamente? ¿Era una maniobra femenina? Yo no lo sabía y me daba igual. No tenía importancia. Sólo había un sitio al que podías ir. Sólo había un sitio donde yo te quería. Y te llevé. Naturalmente. Cualquier otra cosa habría sido imposible. Tú me deseabas tanto como yo a ti. Te llevé a la isla, que estaba esperándote, y a la cama.

Algo raro se reflejó en sus ojos.

–Si te hubieras quedado, nada de todo esto habría pasado. Habríamos hecho lo que había supuesto que haríamos. Habríamos disfrutado mientras durara el matrimonio y luego nos habríamos separado amigablemente. Ésa era mi intención.

Se quedó quieto y Vicky lo miró medio aturdida y con cierto miedo.

–Pero no te quedaste. Te fuiste con otro hombre. Cuando vi aquellas fotos de los dos juntos, sentí algo que no había sentido nunca. ¿Sabes qué fue, Vicky?

–Tu vanidad herida –contestó ella con voz de ultratumba.

Theo soltó una carcajada amarga.

–Celos. Como un monstruo que me corroía por dentro. Nunca lo había sentido y ni siquiera me di cuenta de lo que era. Sencillamente, me devoraba las entrañas.

Vicky notó que los músculos de los brazos se le tensaban como si fueran de acero.

–¿Por qué? ¿Qué era eso? Cuando Christina era mi novia y me dijo que iba a casarse, le regalé unos pendientes de zafiro y le deseé lo mejor del mundo. Cuando una novia o amante rompía una relación antes que yo, mi reacción era siempre la misma. Como mucho, podía molestarme si no me parecía el mejor momento o lo hacía intencionadamente para que yo reaccionara. Entonces, ¿de dónde salió ese monstruo cuando vi las fotos?

–Eres griego, Theo. Es probable que sea un tipo de

reacción atávica al considerar que era tu esposa. No fueron verdaderos celos sino vanidad herida. Fue ese orgullo viril de griego o algo así…

Él soltó una palabrota en griego.

—Sin embargo, hubo algo más que ese monstruo que me devoraba —siguió él con otro tono—. Algo que no me despedazaba sino que me vaciaba silenciosamente, casi sin que me diera cuenta, algo que me iba quitando la vida.

Levantó la mano derecha, acarició los nudillos de la mano de Vicky, que estaba aferrada a la colcha, y entrelazó los dedos con los de ella.

—Duele, Vicky. Duele mucho. Sin embargo, era un dolor mortal y casi no podía sentirlo debajo del monstruo que estaba despedazándome. Aunque estaba ahí, invisible, desapercibido. Hasta esta noche. Hasta ahora.

Apretó los dedos. Todo se había quedado muy quieto alrededor de ella. Nada se movía. Sus pulmones no respiraban y la sangre no corría por sus venas.

La miró con unos ojos que ya no estaban velados.

—¿Por qué te escapaste esa mañana en la isla? Has dicho que te entró el pánico. ¿Por qué? ¿Por qué no me reprochaste lo que te había hecho? ¿Por qué permitiste que te machacara por adúltera? ¿Por qué permitiste que te hiciera lo que te hice cuando te obligué a volver a Grecia? Me has dado respuestas, pero hay otra verdad. ¿No es así? —la estaba atrayendo hacia sí y no podía resistirse—. ¿No es así?

Insistía en saber esa verdad, ese último secreto, esa última mentira sin aclarar.

La agarró del cuello para que tuviera que mirarlo a la cara.

—Yo contestaré —la miró fijamente a los ojos—. Te

pasó lo mismo que a mí. No querías, como yo, pero te pasó. Nos pasó a los dos, Vicky. Voy a decirte las palabras para que me las oigas y no vuelvas a tenerme miedo. *S'agape*. Te quiero. Dilo tú, Vicky, dilo. Puedes hacerlo porque yo puedo. Es muy raro, increíble, pero tenemos que creerlo porque es verdad. *S'agape*. Dilo, Vicky, mi amor.

Era muy difícil decir la verdad, aunque fuera con un susurro.

—*S'agape*, Theo.

La estrechó contra sí y la besó con delicadeza. Luego, tapó a los dos con la colcha.

—¿Qué te parecería otra boda? —le preguntó él.

Ella notó que el amor de los dos los arrastraba como una marea. Sonrió.

—Me parece muy bien.

Epílogo

EL SOL que se reflejaba en el mar. El olor al tomillo pisado por los invitados. La blancura de la
capilla contra el cielo azul. Vicky y Theo estaban en la entrada de la diminuta capilla en lo alto de
una colina en la isla.

Los invitados se acercaron a abrazarlos. Su madre,
Geoff, su tío, hecho un mar de lágrimas, y Jem, que le
pidió que evitara los paparazzi porque había dejado de
ser temerario y no quería que ningún marido lo persiguiera para vengarse.

Ella se rió y lloró, volvió a reírse y volvió a llorar.
Su madre estaba dando un beso a Theo mientras Geoff
le chocaba la mano, Jem le daba palmadas en la espalda
y Aristides lo abrazaba como nunca haría un hombre
inglés. Luego, se volvió hacia su madre, la abrazó con
más fuerza todavía y le dijo que su hermano estaba
mandando bendiciones desde el cielo. Terminados los
abrazos, Aristides los condujo por el camino hacia la
villa, que era demasiado pequeña para acoger a todos,
excepto en la terraza, donde se sirvió el almuerzo.

El sacerdote, amigo de Aristides, había introducido a
la hija de su hermano en la iglesia ortodoxa para que se
casara de verdad. El novio y la novia se sentaron juntos
mientras que sus padres, su tío y su hermanastro levanta-
ban las copas de champán y brindaban por su felicidad.

Tuvieron que pasar bastantes horas, cuando el sol ya estaba ocultándose, para que los invitados empezara a desfilar hacia el embarcadero, desde donde el barco de Theo los devolvería a Atenas. Hubo más abrazos y lágrimas, pero acabaron marchándose y Theo y Vicky se quedaron agarrados de las cinturas. Se quedaron hasta que el barco se perdió de vista.

—Muy bien, señora Theakis, ¿qué me propone hacer?

—Podríamos recoger la mesa —contestó Vicky.

—Ya está recogida. Tengo unos empleados muy eficientes.

—¿Lavamos los platos?

—También están limpios.

—Bueno, algo tendremos que hacer…

A él le brillaron los ojos.

—Yo, desde luego, tengo que hacer algo. Esto.

Le bajó el vestido de novia de un hombro.

—Y esto —le besó la piel—. Ya, de paso…

Le desnudó el otro hombro.

—Claro que ya puestos… —la abrazó y le bajó la cremallera—. Señora Theakis, me da la impresión de que no lleva ropa interior…

—Ha sido por el calor…

—Claro. Creo que podemos remediarlo —ella se estremeció por el brillo de sus ojos y porque él, deliberadamente, no le tocaba la piel desnuda—. Seguramente haga más fresco dentro de la casa.

Entraron en la casa y pasaron al dormitorio con una cama de matrimonio.

—Mucho más fresco —susurró ella.

—Creo que se puede mejorar todavía.

Su chaqueta seguía colgada del respaldo de la silla, estaba remangado, tenía la corbata suelta y el primer botón de la camisa desabrochado. Empezó a desabrocharse los otros.

—Déjame que te ayude. Las esposas tienen que ayudar a sus maridos en todas la cosas que les gusta que los ayuden.

Le desabrochó todos los botones y le destapó los imponentes hombros. Luego, con él quieto como una estatua, le soltó el cinturón y los botones del pantalón.

Él la agarró de las manos.

—Hay algunas cosas que podrían ser un poco… precipitadas —comentó Theo con cierta tensión en la voz—. En cambio, déjame que corresponda.

Fue bajándole el vestido hasta que liberó un pecho y luego el otro. Estaban tersos y con los pezones como salientes de coral. Los acarició levemente y ella volvió a estremecerse.

El vestido cayó al suelo, pero lo dejó allí. Le agarró una mano, la apartó del pecho y se la llevó al corazón.

—Retrocede en el tiempo, Theo, pero que el presente sea el pasado. Que esta realidad sea para siempre.

Theo se llevó la mano de Vicky a los labios.

—Para siempre —repitió él.

Se miraron a los ojos durante un instante interminable y todos los tormentos innecesarios se disiparon. La soltó y volvió a acariciarle un pecho.

—¿Por dónde íbamos?

—Estabas empezando a hacerme el amor apasionadamente el día de nuestra boda —contestó Vicky.

—Es verdad… Entonces… —le pasó el pulgar por el pezón—. Será mejor que sigamos, ¿no?

—Sí —contestó Vicky que estaba derritiéndose.

Bianca™

Nunca habría imaginado que un matrimonio al que había llegado por obligación podría resultar tan placentero…

El millonario Jasper Caulfield se puso furioso al conocer el testamento de su padre… Tenía que pasar al menos un mes casado con la bella Hayley Addington o lo perdería todo.

Hayley no tenía otra opción que aceptar, pero lo que no haría sería ser una verdadera esposa. No imaginaba las dotes de seducción con las que contaba el guapo empresario australiano…

Después de treinta y un días de felicidad conyugal, Jasper tenía que decidir si quería volver a su vida de soltero… o quería seguir disfrutando del placer que encontraba en los brazos de su esposa.

Matrimonio forzado

Melanie Milburne

Acepte 2 de nuestras mejores novelas de amor GRATIS

¡Y reciba un regalo sorpresa!

Oferta especial de tiempo limitado

Rellene el cupón y envíelo a

Harlequin Reader Service®
3010 Walden Ave.
P.O. Box 1867
Buffalo, N.Y. 14240-1867

¡Sí! Por favor, envíenme 2 novelas de amor de Harlequin (1 Bianca® y 1 Deseo®) gratis, más el regalo sorpresa. Luego remítanme 4 novelas nuevas todos los meses, las cuales recibiré mucho antes de que aparezcan en librerías, y factúrenme al bajo precio de $3,24 cada una, más $0,25 por envío e impuesto de ventas, si corresponde*. Este es el precio total, y es un ahorro de casi el 20% sobre el precio de portada. !Una oferta excelente! Entiendo que el hecho de aceptar estos libros y el regalo no me obliga en forma alguna a la compra de libros adicionales. Y también que puedo devolver cualquier envío y cancelar en cualquier momento. Aún si decido no comprar ningún otro libro de Harlequin, los 2 libros gratis y el regalo sorpresa son míos para siempre.

416 LBN DU7N

Nombre y apellido	(Por favor, letra de molde)	
Dirección	Apartamento No.	
Ciudad	Estado	Zona postal

Esta oferta se limita a un pedido por hogar y no está disponible para los subscriptores actuales de Deseo® y Bianca®.
*Los términos y precios quedan sujetos a cambios sin aviso previo.
Impuestos de ventas aplican en N.Y.

SPN-03

Secretos en la isla
Trish Wylie

Garrett Kincaid podía ayudar a la bella Keelin O'Donnell a descubrir los secretos de su pasado, pero nunca podría entregarle su corazón. Garrett sabía que la vida de Keelin estaba en otro lugar.

Lo que no imaginaba era que el poder de la isla iba a cautivar a Keelin y a darle el valor que necesitaba para enfrentarse al futuro. Un futuro que pensaba compartir con él.

En la isla irlandesa de Valentia, las nubes se acercaban a la tierra y de pronto apareció una figura entre la bruma... Era el hombre que llevaba toda la vida esperando sin siquiera saberlo

Deseo™

Sentimientos ocultos

Heather MacAllister

Maddie Givens deseaba desespera-
damente ser útil a los demás y seguir
el buen camino, pero nunca lo conseguía. No había nada más que ver lo
que había ocurrido cuando se había
ofrecido a ayudar a su hermana con
el espectáculo de Navidad. Antes de
que hubiera podido reaccionar, dos
granujas se habían llevado su coche... con su sobrino dentro. Pero
cuando el guapísimo Steve Jackson
apareció en su moto para rescatarla,
Maddie se preguntó de pronto qué tal
sería ser mala de verdad...

**Era la hija del pastor, tenía que ser una niña buena,
aunque... en realidad no era tan buena**